Callwey

Stubentür, Gegend Kronsdorf/unteres Traunviertel/
Oberösterreich, um 1790 (Detail vgl. Abb. 198).
Linz/Donau, Oberösterreichisches Landesmuseum

Josef M. Ritz - Gislind M. Ritz

Alte bemalte Bauernmöbel

Geschichte und Erscheinung – Technik und Pflege

Callwey

10., erweiterte Auflage 1984 (60.–70. Tausend)

CIP-Kurztitelaufnahme der Deutschen Bibliothek
Alte bemalte Bauernmöbel. – München: Callwey
1. Geschichte und Erscheinung – Technik und Pflege/
Josef M. Ritz; Gislind M. Ritz. –
10., erw. Aufl. – 1984.
ISBN 3 7667 0691 8
NE: Ritz, Josef M. (Mitverf.)

Herstellung: Heide Hohendahl, München
Schutzumschlaggestaltung: Baur + Belli Design, München,
unter Verwendung der Abbildung 332
Satz, Druck und Bindung: Ludwig Auer, Donauwörth
Lithos: Brend'amour, Simhart & Co., München, und Ludwig Auer, Donauwörth
Printed in Germany 1984
ISBN 3 7667 0691 8

Inhalt

Einleitung

Um neues Bildmaterial erweitert, kann nunmehr die 10. Auflage des Werkes von Joseph Maria Ritz vorgelegt werden, das heute ein Klassiker der Bauernmöbelliteratur zu nennen ist. Noch immer führt es ein in die Geschichte des ländlichen malerisch dekorierten Möbels, in die Stilformen der einzelnen Möbellandschaften, in Motivwahl und Ausdrucksweise der volkstümlichen Möbelmaler. Vor allem aber vermag es hinzuführen zu einer persönlichen Erfahrung von Aussagefähigkeit und schöpferischer Kraft der Volkskunst.

Doch hat die Volkskunde in den letzten Jahrzehnten ein neues Selbstverständnis entwickelt und ist dabei zu anderen Vorstellungen von den Aufgaben des Faches und zu neuen Fragestellungen gekommen, die im Bereich der Sachkultur vor allem Aspekte des sozialen Funktionierens, des Bedeutungsgehaltes und des Zeichencharakters der Objekte betreffen. Ebenso wie die Einarbeitung der Ergebnisse neuer regionaler Forschungen bedeutete aber auch die Berücksichtigung einer solchen Neuorientierung im Text einen außerordentlich starken Eingriff in ein Werk, das ein Dokument einerseits der Geschichte der Bauernmöbelforschung, andererseits der ungemein persönlichen Beziehung von Joseph Maria Ritz zum Gegenstand seiner Forschung ist. Um dem Leser diese neuen Gesichtspunkte in der Möbelforschung dennoch vorzustellen, wurde deshalb der Weg eines gesonderten Einführungstextes gewählt.

*

Seit rund hundert Jahren, im Grunde seit man begann, sich mit dem volkstümlichen Möbel zu befassen, verwendet man für dieses den Namen »Bauernmöbel«, so Justus Brinkmann in seinem Bericht über das Hamburger Museum für Kunst und Gewerbe 1886 oder Franz Zell 1899 in seiner für Süddeutschland bahnbrechenden Arbeit »Bauern-Möbel aus dem Bayerischen Hochland«.

Befragt man diesen Begriff auf seine Berechtigung, so wird man rasch seiner Ungenauigkeit, ja seines Ungenügens gewahr werden. Genaugenommen spricht er ja von Möbeln, die von Bauern für Bauern geschaffen wurden. Er folgt damit jener vereinfachten und romantisierten Vorstellung von einem ländlichen Leben, das Bauerntum schlechthin ist: sie ist bis heute noch nicht vollständig aus der Literatur verschwunden.

Nun galt Eigenherstellung im bäuerlichen Haushalt — also das, was Alois Rigel mit dem Begriff »Hausfleiß« umschrieben hat — zwar für weite Bereiche von Arbeitsgerät oder Textilien, doch nur in geringem Maße für Einrichtungsgegenstände des Wohnens. In diesem Fall gehören sie dann meist der Kategorie des Primitivmöbels an, sind etwa den Fertigungen aus Massivholz zuzurechnen, wie sie Torsten Gebhard untersucht hat. Damit sind beispielsweise die aus einem Baumstamm hergestellten Truhen oder als Sitzgerät verwendete Baumstücke gemeint. Solche Erzeugnisse dienten im übrigen dem Hersteller selbst und dürften kaum in den Handel gekommen sein.

Bauernmöbel sind im allgemeinen vielmehr Arbeiten ländlicher, zünftig ausgebildeter Handwerker. Darunter sind jedoch keineswegs nur Schreiner zu verstehen. Am Beginn der ländlichen Möbelfertigung standen Drechsler und Zimmermann. Sie sind die Hersteller einer älteren, zweifellos auf das hohe Mittelalter zurückgehenden Schicht von volkstümlichen Möbeln aus der Zeit vor der Entstehung des Schreinergewerbes. Die Tätigkeit des Drechslers im Bereich des Möbels führt sogar bis in die historische Tiefe der Antike zurück. Er fügt die Gerüstkonstruktionen seiner Werkstücke, wie der drei- oder vierbeinigen Pfostenstühle Norddeutschlands oder etwa auch von Wiegen, aus gedrechselten Stäben zusammen. Eine weitere Erscheinungsschicht im Möbelbereich ersteht aus der Arbeitsweise des Zimmermannes, wenn er die spezifischen Techniken seines Umganges mit Holz auf das Mobiliar überträgt. Nun treten neben die Pfostenstühle und -sessel die Stollentruhen und -schränke, deren mit dem Beil behauene Bretter in die Nuten der Stollen (Frontstollen oder Seitstollenbretter) eingelassen werden. Diese Technik unterscheidet sich nicht von den Wandkonstruktionen beim Hausbau, etwa beim Ständerbohlenbau oder Spundwerkbau. Dem entspricht in Technik und Ausdruckshaltung auch der Dekor dieser Zimmermannsmöbel. Die Auszier geschieht mit den handwerkseigenen Geräten: Zirkelschlag- oder Linearornamente werden der Holzoberfläche eingeritzt oder im Kerbschnitt eingetieft. Die Schicht der Zimmermannsmöbel darf von ihrer Gesamtstruktur her als mittelalterlich bezeichnet werden. Doch fertigten gerade im norddeutschen Raum, etwa in Diethmarschen oder der Wilstermarsch, der Zimmermann und auch der Drechsler noch lange, das heißt bis zum Ende des 18. Jahrhunderts, beachtliche Teile der Einrichtung. Im nordwestlichen Niedersachsen konnte Helmut Ottenjann noch für das 18. und das frühe 19. Jahrhundert eine sehr starke Konkurrenz zwischen Schreinern und Zimmerleuten nachweisen. Man kann eben die Geschichte von Möbel und Mobiliar nicht in scharf begrenzte Abschnitte zerteilen; die Phasen der Entwicklung überschneiden sich.

Im späteren Mittelalter ist dann das Aufkommen der Schreiner (Kuntormacher, Tischler, Kistler) zunächst in den großen Städten (erste

Nennungen in Zunftordnungen 1244 Regensburg, 1377 Frankfurt), in den folgenden Jahrhunderten auch in den Landstädten und Dörfern, also »auf dem Lande«, zu beobachten. Sie drängen nun den Anteil des Zimmermannes in der Möbelherstellung deutlich zurück. Ihr Auftreten ist zusammenzusehen mit technischen Neuerungen, wie der Herstellung von dünnen Brettern in Sägemühlen (deren erste 1322 in Augsburg belegt ist) oder dem Gebrauch des Hobels. Daraus erwachsen Möglichkeiten neuer Konstruktionen, die nicht mehr vom massiven Holz wie bei den Zimmerleuten auszugehen haben, sondern auf der Teilung in Rahmen und Füllung beruhen — einem Gliederungssystem, das nun im Ausspielen dieser beiden Elemente gegeneinander auch den Dekor in neue Bahnen lenkt.

Leider sind wir über die Arbeitsgewohnheiten und Werkstatt-Traditionen gerade der Landschreiner, also jener ausgebildeten, in eine überlokale oder auch städtische Zunft eingegliederten Handwerker, die sich in den Dörfern oder Landstädten niedergelassen haben, nur in Ansätzen unterrichtet. Auch können sich die Verhältnisse noch komplizieren, wenn — wie etwa im nordwestlichen Niedersachsen — neben den Landschreinern noch die als Heuerlinge an die großen Bauernhöfe gebundenen Zimmerleute sich mit ausgesprochenen Schreinerarbeiten befassen. Es steht wohl fest, daß in den meisten ländlichen Werkstätten Möbel unterschiedlicher Preisklassen gefertigt wurden. Das Angebot umfaßte viele Qualitätsstufen. Im übrigen ist zur Situation der Landmeister, wie sie die Zunftsprache des 18. Jahrhunderts nennt, zu bedenken, daß sie keineswegs nur Möbel herstellten, sondern durch die Verhältnisse gezwungen waren, eine Vielzahl kleiner und kleinster Aufträge anzunehmen, vom Bilderrahmen über Blumenspaliere bis zum gemeindlichen Aushängekasten, wie uns etwa das Aufschreibebuch eines Schreiners aus dem niederrheinischen Ort Kapellen bei Moers 1840/42 berichtet. Ein — in seinem Ausmaß meist unterschätzter — Anteil an der Möbelproduktion des ländlichen Schreiners bestand in schlichten, undekorierten Möbeln für den Wirtschaftsbereich des Hauses. Das Auszieren der Möbel, je nach Möbellandschaft und Zeitstufe in Malerei, Schnitzerei oder dem Applizieren von plastischen Elementen bestehend, übernahm der Landschreiner im allgemeinen selbst, als eine Art von zweitem Beruf. Zumindest geschahen diese Arbeiten innerhalb der Werkstatt. Nur selten dürften auswärtige spezialisierte Kollegen dazu herangezogen worden sein. Für das Bemalen von Bauernmöbeln ist auch die Möglichkeit von Frauenarbeit überliefert. Oft entsteht auf Grund der individuellen Ausdruckshaltung eines Meisters, durch die Arbeitsgemeinschaft einer Werkstatt und ihre Traditionen oder durch spezifische Gegebenheiten wie die Zusammensetzung des Vorlagenmaterials ein charakteristischer Werkstattstil, der sich sowohl in der Konstruktion des Möbelkörpers, wie — und vor allem — im Möbeldekor abzeichnet. Daß allerdings in einem größeren Betrieb in höchst unterschiedlichen Stilformen produziert werden konnte — sei es, daß der Meister selbst den verschiedensten Ansprüchen gerecht zu werden vermochte, oder daß er mehrere qualifizierte Kistler und Maler unter seiner Führung vereinigte — zeigen die in der Werkstatt des Anton Perthaler in Degerndorf am Inn entstandenen Möbel.

Im wirtschaftlichen Bereich sind verschiedene Verhaltensmöglichkeiten grundsätzlich zu unterscheiden: Im allgemeinen dürfte die Beziehung zwischen Hersteller und Abnehmer im Auftragssystem vor sich gegangen sein: Der Käufer bestellte im persönlichen Kontakt die von seinen Vorstellungen und seinen finanziellen Möglichkeiten bestimmte, sowie im Rahmen des brauchtümlich üblichen liegende Ware — sei es das Einzelmöbel der Frühzeit oder des sozial unterschichtlichen Käufers, sei es die aus Betten, Schränken, Kommode und Aufsatzkasten bestehende vollständige Möbelgarnitur der Spätzeit und des Großbauern, oder die Wandvertäfelungen der norddeutschen Stuben. Allerdings wissen wir auch von Werkstätten, die standardisierte Möbel auf Vorrat anfertigten und durch ein Angebot an austauschbarem Dekor Individualisierungsmöglichkeiten boten. Eine jüngst durchgeführte Untersuchung konnte dieses Vorgehen für die berühmten Obstätter Kistler nachweisen. Der räumliche Einzugsbereich so arbeitender Werkstätten ist beschränkt und kann oft genau abgegrenzt werden. Schon seit dem 17. Jahrhundert konnten mancherorts aber auch ländliche Möbel auf den Märkten der Städte angeboten werden, wobei die Landmeister mit ihren schlichteren und volkstümlich gestalteten Erzeugnissen die unteren Sozialschichten, die ja oft bäuerlicher Herkunft waren, versorgten.

Stellenweise kommt es aber auch im Bereich des volkstümlichen Möbels zu manufakturähnlichen Verhältnissen, Möbel werden serienmäßig in großen Mengen und für den Export produziert. Solche Gegebenheiten erzwingen eine Systematisierung bei der Herstellung des Möbels, Schematisierung und Rationalisierung bei seiner Auszier. Das berühmte Beispiel für diese Produktionsform bietet Tölz in der zweiten Periode seiner Möbelgeschichte zu Ende des 18. und in der ersten Hälfte des 19. Jahrhunderts mit seinen »Kästen«, die äußerste Schlichtheit der Konstruktion — nämlich Verzicht auf Gliederung der Front — mit flächendeckender, durch die stilisierte Rose charakterisierter Male-

rei verbinden. Der Export ging mit Hilfe der Isarflößerei über die Münchener Märkte bis in den Donauraum. In einem solchen Fall sah sich der Käufer einem Angebot gegenüber, das ihm eine persönliche Auswahl ermöglichte. Wenn auch der Hersteller sich grundsätzlich nach den Erfordernissen der Verhältnisse und den Wünschen der Abnehmer zu richten hatte, und dies gewiß auch tat, ist doch nicht zu übersehen, daß der Landschreiner von der Stadt, zu der er ja gewisse Beziehungen besaß, und von den dort ablaufenden Entwicklungen Anregungen zu stilistischer Veränderung empfing und so die Rolle des Vermittlers modischer Neuerungen übernahm.
Dieser ganze Fragenkomplex führt vom Hersteller zum Abnehmer der Ware »Bauernmöbel«. Trifft nun wenigstens für deren Besitzer die ständische Einschränkung des Begriffes zu? Zweifellos ist dies hier in stärkerem Maße der Fall als beim Verfertiger. Die auf dem Lande, von Landmeistern hergestellten Möbel, im Sinne volkstümlicher Erscheinung gestaltet, sind im allgemeinen für die Landbevölkerung geschaffen. Doch ist diese ja nicht eine einheitliche, in sich geschlossene Bauerngesellschaft. Haben wir schon innerhalb des bäuerlichen Bevölkerungsteiles mit großen Unterschieden des Besitzstandes und des Sozialstatus bis hin zu den Dienstboten zu rechnen, die sich in der gesamten Lebensführung, in Anspruch und Repräsentationsbedürfnis beziehungsweise in Beschränkungen niederschlagen, so existiert daneben andererseits eine nichtbäuerliche oder nicht rein bäuerliche Schicht von großer sozialer Breite, die sich aus Wirten, Müllern, Handwerkern, Krämern zusammensetzt. Wenn man aus den Ergebnissen der Trachtenforschung Rückschlüsse auf anderes Sachgut ziehen darf, dann ist auch im Bereich von Möbel und Einrichtung mit einem gewissen Eigenverhalten dieser Kreise zu rechnen. Wie wir wissen, versorgten überdies die Landschreiner teilweise auch die unteren Sozialschichten der Städte. So ist also auch die Abnehmerschaft des »Bauernmöbels« viel differenzierter zu sehen, als es der Name besagt.
Immerhin fügen sich Hersteller und Abnehmer/Besitzer dieser Möbel infolge ihrer Verhaltensstrukturen in eine Schicht ein, die dem bäuerlich-volkhaften Bereich zuzuordnen ist. Damit wird auch das Objekt selbst diesem Verhaltensraum integriert, so daß es zum volkstümlichen Sachgut gerechnet werden muß — eine Zugehörigkeit, die wiederum seine Erscheinung — Gestalt und Auszier — bestimmt. Das bedeutet etwa für den Möbelkörper, daß man sehr altartige Formen wie die Stollenkonstruktion über Jahrhunderte beibehält, während sie in der stilabhängigen Möbelentwicklung längst durch andere Gestaltungen abgelöst wurden, daß bestimmte Möbeltypen weit über ihren Auftritt in der oberschichtlichen Möbelkultur hinaus tradiert und neue nur zögernd aufgenommen werden. Vor allem aber wird davon die dekorative Haltung erfaßt, das schmückende Beiwerk auf den Schauseiten, also die holzeigenen plastischen oder die flächigen Schmuckformen beziehungsweise der gemalte Dekor.
Dieser Schmuck kann zu jener Kategorie der Volkskunst gehören, in der es zu sozusagen unabhängigen, aus der eigenen Vorstellung schöpfenden, bildnerischen Äußerungen kommt. Erfahrungen aus der Umwelt, wie Blume und Tier, Symbolwissen, nun gewohnheitsmäßig und geläufig angewandt, können auch am Möbel in diesen Bereich führen. Sehr viel häufiger aber orientiert sich der Dekor an angestrebten Vorbildern aus der oberschichtlichen Stilkunst, seien es die überreichen plastischen Architekturausstattungen des Renaissancemöbels, sei es der Ornamentschatz der Intarsienkunst, dessen Nachahmung zum Entstehen der Möbelmalerei geführt hat, die Marketeriemotive des 18. Jahrhunderts oder die Welt des religiösen Bildgutes des Barock. Unendlich vielfältig sind die Anregungen, die auf verschiedenste Weise, durch persönliche Kenntnisnahme während der Ausbildung im städtischen Milieu etwa, oder durch die Vermittlung von Vorlagen aller Art, vom Ornamentstich bis zum kleinen Andachtsbild, zu den ländlichen Schreinern gelangen. Doch macht nicht die Tatsache einer Orientierung nach »oben« und der Einschränkung des Übernommenen auf Eigenbedürfnis und -vorstellung allein den Charakter volkstümlicher Kunst aus, sondern die Fähigkeit, Anregungen und Vorbilder in die eigene Ausdruckshaltung eingehen zu lassen, sie umzubilden und in eigener Sprache wiederzugeben. Jene spezifischen Verhaltensmuster, die volkstümliches Dasein bestimmen, prägen und formen auch die künstlerische Ausdrucksweise. Der »Volkskünstler« erfährt deshalb viele Dinge anders und realisiert ihr Abbild aus einer anderenVorstellungswelt heraus als der zeitstilgebundene Künstler. Deshalb darf Volkskunst auch in ihrer oft bescheidenen Andersartigkeit nicht als bloßes Nichtkönnen angesehen werden — obgleich natürlich in Konzeption und Gestaltung überdurchschnittlich gelungene Schöpfungen und Bemühungen ungelenker Art immer nebeneinanderstehen.
Eine ganze Reihe von Gestaltungsmerkmalen oder -gesetzlichkeiten zeichnet sich in diesem künstlerischen Bereich ab, denen wir auch in der dekorativen Auszier der Bauernmöbel wiederbegegnen. So werden etwa einzelne Elemente einer ganzen Bildgestalt lieber assoziativ nebeneinandergesetzt, also gereiht oder in spiegelgleicher Gegenständigkeit gegenübergestellt, als in einer spannungserfüllten Komposition

bewegt einander zugeordnet. Zu den bezeichnenden Ausdrucksformen der Volkskunst gehört weiterhin die Flächigkeit von Bilddarstellungen, der Verzicht auf die Dreidimensionalität im Raum ungreifbarer Körper oder auf den Tiefenraum — das Phänomen der Unräumlichkeit. Offenbar fehlen Bedürfnis und oft wohl auch Fähigkeit, Tiefen- und Bewegungsraum zu reproduzieren. Als besonders charakteristisch erweist sich die Neigung zum Stilisieren. Es vollzieht sich im Sinn einer Rückführung der Erscheinung auf Einfachformen, sozusagen auf ihre Grundlinien. Das kann bis zu jener Abstraktheit gehen, der viele Volkskunstwerke ihre Qualität absoluter Zeitlosigkeit verdanken. Solche Abkürzung, oft als bloßes Weglassen erscheinend, kann auch ein Akt der Konzentration sein: Ein Teil wird als aussagekräftig genug empfunden, um das Ganze zu bezeichnen. Doch ist nicht zu übersehen, daß solcher Vereinfachung auch die mangelnde bildnerische Fähigkeit des Herstellers zugrunde liegen mag, daß vor allem aber der Druck serieller Arbeit zu bildnerischer Rationalisierung zwingt. Damit ist eine weitere Verhaltensform volkskünstlerischen Tuns angesprochen: Eine über längere Zeit hin immer wieder reproduzierte Figur wird gleichsam aufgelöst, bis sie ihre ursprüngliche Formidentität weitgehend oder völlig einbüßt. Es ist jedoch bezeichnend für die schöpferische Kraft der Volkskunst, daß daraus eine neue Gestalt erwachsen kann, etwa ein Ornament.

Doch darf eine Beschäftigung mit Bauernmöbeln sich nicht in der Bewunderung für das prächtige oder ansprechende Äußere erschöpfen. Wir entdecken eine andere Dimension ihrer Existenz, wenn wir sie auf ihren Bedeutungsgehalt hin befragen. »Möbel verweisen auf unsere personale und soziale Wertewelt. Sie erfüllen bestimmte Bedürfnisse und unterliegen dem zielstrebigen, zwecksetzenden Willen jener Menschen, die sie schaffen oder mit ihnen umgehen. Den Möbeln wächst dadurch ihre Bedeutsamkeit im kulturellen Leben zu: ein kultureller Wert, ein komplexes Bedeutungsfeld mit höchst vielschichtigen Aufgaben und Leistungen«, sagt Helge Gerndt in seinem Aufsatz über »Möbel als kultureller Wert« (in: Volkstümliche Möbel aus Altbayern, München 1975, S. 14). Ein Möbel besitzt eine Funktion, auf die hin es geschaffen ist. Man kann es als Zeichen für eine bestimmte Bedeutung begreifen oder als »Indikator, der Einsichten in einem überindividuellen Sinnzusammenhang ermöglicht« (H. Gerndt).

Die Kategorie »Funktion des Möbels« umfaßt vor allem das Wohngefüge des Hauses und die Stellung des Mobiliars darin. Damit wird zum einen die historische Entwicklungslinie sichtbar: Für die Jahrhunderte von Mittelalter und frühem Nachmittelalter ist mit einer sehr kargen Möbelausstattung des Bauernhauses zu rechnen. Neben den — wohl ältesten — wandfesten, immobilen Geräten wie Wandbank und Wandschrank oder eingebaut-begehbarer Kasten, finden sich nur wenige Möbeltypen: Tisch, Truhe, Sitztruhe (»Siedel«), Wirtschaftsschrank (»Almer«), Bankschrank, eventuell Stuhl/Schemel/Bank sowie Bettstatt/Wiege. Erst langsam im Laufe des 17., 18. und frühen 19. Jahrhunderts erweiterte sich der Typenbestand um Schüsselrehm/Anrichte/Kredenz/Schenkschiewe, Kleiderschrank, Kommode, Aufsatzschrank/Glasschrank, Sofa. In diesem Zusammenhang ist die grundlegende Verschiedenheit des Wohnens im Norden Deutschlands mit seinem Hallenhaus und dessen offener Feuerstelle und in Mittel- und Oberdeutschland mit der Entwicklung zur Stube als dem Hauptwohnraum von entscheidender Bedeutung. Zum anderen läßt sich der Möbelbestand nach seinen Aufgaben im Wohn- und Arbeitsbereich des Hauses gliedern: Die Sitzmöbel mit ihren traditionellen Ordnungen und Vorrechten — »Weilen und Rasten« hat Leopold Schmidt diese Funktion genannt —, die Möbel, die mit den Gewohnheiten von Kochen und Essen verbunden sind, also die Behälter für Geschirr (Schüsselrehm, Anrichte in all ihren Formen) oder Lebensmittel (Mehltruhe, Brot- oder Milchschrank) und vor allem der Tisch, weiterhin Schlafgerät nämlich Bett und Wiege, wobei ersteres im norddeutschen Raum vielfach in einem Alkoven wandfest angebracht ist, schließlich die Verwahrmöbel: hier geht die Entwicklung von der zunächst allein und für alle Zwecke verwendeten Truhe zu einer Erweiterung des Bestandes seit dem 16./17. Jahrhundert durch den Kleiderschrank, zu Ende des 18. Jahrhunderts durch die Kommode oder andere ähnlich stilgeschichtlich gebundene Möbel.

Endlich besitzt das Mobiliar im Beziehungsfeld von Wohnhaus und Einrichtung und innerhalb der Hierarchie der Räume des Hauses seine eigene Rangordnung. Steht etwa im Oberdeutschen an erster Stelle unter diesen die Schlafkammer der Eltern, gefolgt von der Stube als Gemeinschaftswohnraum, dann der Küche und letztlich von den Schlafräumen der Kinder und des Gesindes, so nehmen die Bestandteile der Brautausstattung, vor allem Brautbett und Brauttruhe/-schrank den ersten Rang ein, besitzen höchste Ausdrucksbedeutung. Möbel können aber auch in ihrem Rang absinken, zum Wirtschaftsmöbel degradiert werden, aus dem Wohnbereich herausgenommen und etwa im Speicher abgestellt werden.

Die Rangordnung der Möbel, zum Beispiel der Brautmöbel, resultiert aus ihrer zeichenhaften Wertigkeit. Sie können Signale setzen, etwa im sozialen Bereich. Hier wirken sie auf Grund ihres finanziellen Wertes, ihrer Kostbarkeit, ihrer Ausgestaltung, als Statussymbole, zeugen von sozialem Anspruch und von Repräsentationsbedürfnis. Die »Brautfuhre« oder der »Kammerwagen« vermitteln diese Intentionen höchst sichtbar der Öffentlichkeit. Der Bedeutungswert eines Möbels kann aber auch sozusagen tiefer greifen, kann den Rang eines Rechtszeichens gewinnen, etwa im Falle des Tisches in der oberdeutschen Stube, der ein Teil des Hauses ist und nicht bewegt werden darf, oder des Stuhles am Tisch, der — auch nach der Einführung des Brettstuhles oft noch ein der älteren Möbelschicht entstammender Pfostenstuhl — dem Hausvater vorbehalten bleibt. Im reich geschmückten hessischen Brautstuhl, den der in das Haus Einheiratende mitbringt, hat solch brauchtümlicher Bedeutungsgehalt seine berühmteste Ausformung erfahren.

So betrachtet werden Möbel letztlich zu Indikatoren. Man kann mit ihrer Hilfe, auf Grund ihrer vielfältigen Qualität, sich einen Zugang erschließen zu Erkenntnissen über den form- und stilgeschichtlichen Wandel von Kulturgütern, über die Wechselwirkungen von Tradition und Innovation, über Wertordnungen und Verhaltensmuster.

Wenn also auch Name und Begriff »Bauernmöbel« in ihrer Fixierung auf einen Stand und ihrer Beschränkung auf eine schmuckhafte Erscheinungskategorie als zu einseitig, zu eng umgrenzt betrachtet werden müssen — das konkrete Objekt, das in der ländlichen Region und im Verhaltensraum der Volkskunst entstand und das in ein fest umrissenes Funktions- und Bedeutungsgefüge eingespannt ist, kann dem aufmerksamen und wissenden Betrachter den Zugang zur gesamten Breite der Volkskultur eröffnen.

Januar 1984

Gislind M. Ritz

Geschichte und Erscheinung

Das Bemalen von Bauernmöbeln ist ein Teil einer großen Bewegung volkstümlich farbigen Gestaltens, das zeitlich und landschaftlich bedingt und bestimmt ist. Das ausgehende Mittelalter, das in ganz Mitteleuropa einen kräftigen Einschuß volkhaften Geistes in der Gesamtkultur aufweist, offenbart Neigungen zur Ausbreitung volkstümlicher Malerei auf neue Gebiete. Es kündigt sich beispielsweise das Votivbild an, und man beginnt Holzwerk verschiedener Zweckbestimmung mit Mitteln der Zeichnung und Farbe in neuartiger Weise oder wenigstens in ungewohntem Umfang zu schmücken. Das 17. Jahrhundert verstärkt diese Bewegung — Bemalung von Bauernmöbeln setzt allgemeiner ein —, und das 18. Jahrhundert führt sie, namentlich in der zweiten Hälfte, im Zusammenhang mit einem allgemeinen Hochstand deutscher Volkskunst ihrem Gipfelpunkt zu. Über die Jahrhundertwende dauert diese Kraft und Breite volkstümlicher Malerei und weitet sich in manchen Landschaften sogar innerlich und äußerlich noch aus, um allgemein gegen die Mitte des 19. Jahrhunderts ziemlich rasch abzuklingen. Eine große Lust am farbigen Schmücken und Darstellen hatte damals die Bauern und verwandte Volkskreise ergriffen. Zur vielformigen Möbelmalerei gesellt sich das Hinterglasbild, das in Bayern, Böhmen, im Schwarzwald und in Schlesien in erstaunlichen Mengen erzeugt wird; die emailbemalten Gläser werden verbreitete und beliebte Volkskunst; die Hafnerware — Schüsseln, Töpfe und Wandkacheln — schmückt sich mit figürlicher und ornamentaler Zier und erklimmt damit ihren höchsten Stand. Im bayerischen Oberland und in Tirol legen Bauernhäuser festlichen Freskenschmuck an, und in ihren Innenräumen leuchten nicht selten farbige Bilder und Zierate von Vertäfelungen und Decken. Auch das Kleingerät und Arbeitszeug, wie Hauben- und Bänderschachteln, Brautschaffe und anderes, schmückt sich gleicherweise, und es gibt sogar eine Art von bäuerlicher Miniatur, die sich in geschriebenen Gebetbüchern, Liebes- und Glückwunschbriefen auslebt; das sogenannte Stubenberger Liederbuch, das auf der Staatsbibliothek in München verwahrt wird und aus dem Innviertel stammt, gibt dafür das hervorragendste Beispiel ab.

Das volkstümliche Malen ist also eine machtvoll zwingende Bewegung, die wohl innerlich mit dem Wesen des Barock zusammenhängt und von ihm im einzelnen sichtlich befruchtet wird, aber doch nicht restlos erklärt werden kann. Sie müßte ja sonst landschaftlich unbegrenzt sein. Es hat jedoch nicht das gesamte deutsche Sprachgebiet gleicherweise an ihr teil. Eine Grenze läßt sich beispielsweise ziehen, westlich der im allgemeinen das Bauernmöbel nicht bemalt wurde. Sie fängt im Südwesten in der Schweiz an und fällt hier ziemlich scharf mit der Sprachgrenze zwischen deutsch und welsch zusammen. Dann läuft sie etwa den Rhein entlang, wobei aber im Elsaß und in der Pfalz das bemalte Möbel keineswegs gänzlich unbekannt ist. Denn eine solche Grenze stellt keine Linie, sondern einen Landschaftsstreifen dar. In Mitteldeutschland biegt sie nach Osten ab, fällt dann ungefähr mit dem Südrand niedersächsischen Volkstums zusammen, um, in nordöstlicher Richtung weiterziehend, schließlich das slawische Land zu erreichen, das seinerseits ebenfalls die Möbelmalerei pflegte. Thüringen, Sachsen, die Lausitz und Schlesien liegen also innerhalb der Grenze. Das Gebiet der Möbelmalerei dehnt sich somit weithin. Innerhalb desselben sind Stärkegrad und Zeitdauer ihrer Herrschaft verschieden. Es gibt Enklaven, die das Blankholzmöbel lieben, oder Gebiete, die sich später davon trennen, wie es auch jenseits der genannten Grenze Malereigebiete gibt. Kernlandschaften der Malerei liegen in den Alpen und deren Vorland; Altbayern, Oberösterreich und Tirol sind vor allem zu nennen. Auch Franken kann vernehmlich mitsprechen, und im Norden nehmen Sachsen und Schlesien eine bedeutsame Stellung ein.

Der Brauch der Möbelmalerei beginnt nicht überall zu gleicher Zeit. Über farbige Verzierung volkstümlicher Möbel im frühen und hohen Mittelalter, das eine entsprechende Bemalung auf dem Gebiete der hohen Kunst kannte, wissen wir nichts Bestimmtes. Zimmermannsmäßiger Schmuck ähnlich den späteren Balkenbemalungen wie am Niederneuchinger Speicher 1581 (jetzt Grub, östlich von München) oder in noch jüngeren Beispielen ist nicht ausgeschlossen. Die sehr interessante spätgotische Truhe des Wasserburger Heimatmuseums könnte man sich als Ausläufer einer solchen gedachten Art vorstellen. In der spätgotischen Kunst wurden dann, wie oben schon bemerkt worden ist, starke volkstümliche Kräfte wirksam, und es gibt in diesem Sinne Holzwerk namentlich kirchlichen Gebrauchs, das in volkskunstverwandter Form farbig ornamental geschmückt ist. Diese Denkmäler sind über das ganze deutsche Sprachgebiet von Kärnten bis Ostpreußen verstreut; es handelt sich um Flachdecken und Emporenbrüstungen, Sakristeischränke und ähnliches. Die Untersuchungen von Torsten Gebhard[16] haben sowohl die tiefe Verankerung der Schablonier- und Patronenmalerei in der Werkkunst des Mittelalters als auch vor allem ihre eminente Bedeutung für die Anfänge der Möbelmalerei festgelegt. Vielleicht ist in diesem Sinne der rassige »Bhalter« (Brotschrank) des Wunsiedler Museums ein wichtiges Verbindungsstück. Er stammt wohl aus dem 18. Jahrhundert, lebt aber in seiner Form und Farbigkeit noch stark aus spätgotischem Gefühl. Diese Brotschränke, auch »Almer« genannt, sind ja überhaupt, wie T. Gebhard[13] nachgewiesen hat, bedeutsame, auf alten Wurzeln ruhende Zwischenglieder. Man muß damit etwa nur den spätgotischen Sakristeischrank der Pfarrkirche aus Klingenberg vergleichen, um dessen gewahr zu werden. Eine ähnliche Stellung nahmen die Mehltruhen des unterfränkisch-hessischen Raumes ein — wiederum ein Möbel im Zusammenhang mit dem kostbaren Nahrungsmittel. Dieses Beharrungsvermögen auf solch speziellem Gebiet führt offensichtlich in tiefe Schichten volkhaften Verhaltens. Altartig ist die Form — Pfosten-Stollen-Konstruktion, ursprüngliche Gestaltung nach Art des Zimmermanns also —, altartig sind auch die Dekorationen. In Arbeiten von Karl Rumpf[69] und Josef M. Ritz[63] erfolgte die Zusammenstellung dieser Möbel. Insbesondere die Mehltruhe aus der Rhön im Hessischen Landesmuseum in Kassel zeigt diese interessanten Zusammenhänge auf. Der altartige Dekor besteht aus geometrischer Ritzverzierung und sparsamer Malerei: Sonnenwirbel und einem gegenständigen Löwenpaar. Obgleich das Stück 1771 datiert ist, mutet es uns mittelalterlich an. Nur ein Schaffen aus festgefügten Traditionen, nur echte Volkskunst kann so lange bewahren.

Aber auch in anderer Weise und in anderen Rückzugs- und Beharrungsgebieten vermögen gotische Formen noch über Jahrhunderte weiterzuleben, so etwa in den Möbeln des Landes um Eferding im nördlichen Hausruckviertel. Sehr frühe Möbelformen, wie das Kastenbett und die Sitztruhe, verbinden sich mit einer ebenso altartigen Gestaltung etwa der Truhenwand und einer Bemalung, deren Beschränkung auf die elementaren Sinnzeichen und auf bestimmte einfache Farben ebenfalls die Erinnerung an die Arbeit des Zimmermannes, des Möbelherstellers der Frühzeit, weckt.

Von schicksalhafter Bedeutung für die Entwicklung der Möbelbemalung wird dann die Anwendung der Schablone und die Nachahmung hochwertiger, handwerklich bürgerlicher Techniken, besonders der Einlegearbeit, durch die Malerei[14]. Zu den frühen diesbezüglichen Denkmälern, die meist kirchlich-volkstümlicher Art sind, gehört der Sakristeischrank aus Klingenberg in Sachsen, der heute im Staatlichen Museum für Volkskunst zu Dresden steht; ein kraftvolles Stück, das wie eine zweitürmige Fassade anmutet. Sein Zierwerk ist schwärzlich auf das Blankholz schabloniert. Die gleiche Technik begegnet uns bei den ersten Bauernmöbeln, beispielsweise in Altbayern und Tirol. Die sehr reichhaltige Sammlung des Heimatmuseums in Wasserburg/Inn, die die Entwicklung des Bauernmöbels vom 16. bis zum 19. Jahrhundert lückenlos darstellt, zeigt schöne Stücke dieser Art, etwa einen Truhenschrank von 1637, dessen Malerei (Schwarzlot mit wenig Rot auf Blankholz) in ihrer unterschiedlichen Strukturierung das Zusammenwachsen dieses Möbeltypus aus Halbschrank und Truhe verrät. Bald geht man einen Schritt weiter, macht das Ornament farbig und nimmt dann das Figürliche hinzu. Ein Schrank von 1657 im Tölzer Museum, der sich streng und gemessen gibt, vertritt diese Stufe. Bei dieser Entwicklung spielen graphische Vorlagen (Holzschnitte und Kupferstiche werden auch unmittelbar auf Möbel geklebt) eine wichtige Rolle; an dem langen Beibehalten solcher Vorbilder läßt sich das Beharrungsvermögen der Volkskunst klar erkennen.

Das Tölzer Museum besitzt einen Schrank von 1761, dessen sehr altertümliche Zier auf ein Musterblatt aus dem späten 16. Jahrhundert zurückgeht. Der Schablonierung voraus und zum Teil auch mit ihr parallel geht freihändig aufgetragenes Zierwerk, wie bei dem prächtigen Rettenbacher Sakristeischrank von 1595 im Heimatmuseum in Schrobenhausen, dessen Lineamente locker und mit beneidenswerter Sicherheit hingeschrieben sind, oder bei den mächtigen, fast mannshohen Sockeltruhen aus der Zeit um 1600 im Wasserburger Museum, die auf ihren gewaltigen Renaissancekörpern kraftvolle Beschlagwerk- und Rankenmalerei mit bescheidensten Resten von Intarsia verbinden.

Der letzte und sehr bedeutsame Schritt in der Entwicklung des bemalten Möbels ist dann die Grundierung, das heißt das völlige Bedecken des Holzes mit Farbe. Nicht zuletzt hat man das aus Zweckmäßigkeitsgründen getan; man konnte nun, was die einschlägigen Verhandlungen in den Handwerksakten klar erkennen lassen, auch Holz schlechterer Beschaffenheit, »bös Holz«, verwenden. Aber man kam mit dieser Technik auch der Zeitstimmung entgegen, und den ländlichen Malern war nunmehr die Zunge gelöst. Eine bunte landschaftliche Vielheit erblüht, auf die wir im einzelnen noch zu sprechen kommen. Die Grundierung setzt um die Mitte des 17. Jahrhunderts ein, wobei aber die Malerei auf Blankholz daneben noch lange Zeit in Übung bleibt. Die einzelnen Entwicklungsstadien setzen sich natürlich nicht scharf voneinander ab, sondern überschneiden sich.

Können wir die geschilderte Entwicklung in Altbayern, Tirol und Oberösterreich bereits Schritt für Schritt verfolgen, so sehen wir in anderen Landschaften nicht immer so klar. Teilweise setzt das Malen erst erheblich später ein. In Franken beispielsweise herrscht zunächst das plastisch gegliederte und verzierte Blankholzmöbel, und erst gegen Ende des 17. Jahrhunderts taucht zwischen den geschnitzten Halbsäulen und Pilastern schüchtern die Malerei auf. Einen großen Teil des 18. Jahrhunderts dauert diese Mischung der Verzierungsarten — man vergleiche hierzu Möbel aus Schlesien und der Schweiz oder dem Salzkammergut — mit allmählichem Übergewicht der Malerei fort, bis der Sieg der letzteren vollständig und endgültig wird. Andererseits gibt es in Franken seit dem Ausgang der Gotik eine angewandte volkstümlich-bürgerliche Malerei, die in unserem Zusammenhang von Bedeutung ist. Man könnte eine Reihenfolge derartiger Denkmäler aufstellen, wie die Decke der Kirche von Mindorf, um 1594, noch ganz spätgotisch[36], die Decke von St. Martin in Bürgstadt, 1593[34], ferner Bemalungen von Fachwerkwänden oder Holzvertäfelungen in Schloßinnenräumen, z. B. Wässerndorf, 1555[33], oder in Unsleben, 1562[35], und andere mehr. Dazu kommen Möbel aus der Sozialstufe des Adels mit volkstümlichem Einschlag und Wappenmalerei. Beispielsweise birgt Schloß Thurnau bei Bayreuth eine Anzahl solcher datierter Truhen und Schränke des 16. und 17. Jahrhunderts, die vielfach grüne Anstrichgrundierung aufweisen. Ostfranken zeigt überhaupt eher die Neigung zum Bemalen von Möbeln und Holzwerk in städtisch-bürgerlicher Art. Ein großartiges Beispiel hierfür bietet die Kirche von Benk bei Bayreuth, in der 1749 von dem markgräflichen Hofmaler Heinrich Samuel Lohe die gesamte Einrichtung vom Sakristeischrank bis zu den Kirchenbänken einheitlich ornamental bemalt wurde. Stark in den Volkskunstbereich gehen dann schließlich die bemalten Vertäfelungen zweier Zimmer im Luitpoldmuseum zu Kulmbach, die aus einer dortigen Herberge stammen und wenigstens dem Stil nach noch der Zeit um 1700 angehören. Die Voraussetzung für eine frühe und ins Breite gehende bäuerliche Möbelmalerei war also auch in Franken gegeben. Es schien zu Ausgang des Mittelalters, als ob sich die volkstümlichen gestalterischen Kräfte in einer umfassenden Mal- und Farbenbewegung hätten ausleben wollen. Die Renaissance, von Nürnberg ausstrahlend, ist mit den architektonisch-plastischen Möbeln dazwischen getreten und hat die Entwicklung zunächst in andere Bahnen gedrängt. Das plastische Blankholzmöbel der ersten bäuerlichen Stufe ist das Ergebnis dieser Einwirkung, das aber nur wie ein Zwischenspiel anmutet. Denn wenn auch die Form des Architekturschrankes wenigstens in Verflachungen ein Jahrhundert lebt, so wird sie von der Farbe und der Malerei alsbald angegriffen und schließlich auch im Körper völlig umgebildet. Es ist, als ob die zurückgedrängten, spätmittelalterlich-volkstümlichen Impulse wieder lebendig geworden wären; auch bestimmte soziale Schichtungen sprechen dabei mit[61].

So kann die Entwicklung innerhalb des Stammesgebietes nicht einheitlich sein. Die Rhön zum Beispiel kennt frühzeitig — bereits im 16. Jahrhundert — die entwickelte, reine Malerei und bereits im 17. Jahrhundert setzte sich hier ein Truhentypus durch, der, für zwei Jahrhunderte verbindlich, nur mehr rudimentär in den drei Rundbogenfeldern die plastische Haltung des bürgerlichen Renaissancemöbels ahnen läßt. Die

Truhe aus der Rhön von 1736 im Rhönmuseum in Fladungen ist mit der Verbindung von Schrift und Menschendarstellung und in ihrem vielteilig mosaikartigen Farbsystem wohl das kostbarste Stück dieser Entwicklung; die Truhe aus Nordheim/Rhön von 1786, ebenfalls im Rhönmuseum in Fladungen, vertritt eine spätere Stufe[63].

Die Entwicklungsprobleme mögen in den einzelnen in Betracht kommenden Landschaften verschiedenartig liegen, überall hat sich jedenfalls in der zweiten Hälfte des 18. Jahrhunderts die Möbelmalerei und damit eine eigenständige Volkskunst durchgesetzt, und der Reichtum von Gestalt, Zier und Farbigkeit wird nun groß und vielfältig. Gerade was das letztere, die Farbigkeit, betrifft, möchte die vorliegende Veröffentlichung eine Lücke der bisherigen Literatur ausfüllen und einen Überblick über dieses so wichtige Ausdrucksmittel des Malens sowohl in zeitlicher als auch in landschaftlicher Hinsicht geben und so der Forschung und den Freunden der deutschen Volkskunst zum erstenmal die wichtige Möglichkeit des Zusammensehens und des Vergleichs bieten. Darüber hinaus möchte unmittelbare Freude und Anregung geweckt werden. Es ist nun notwendig, mit dem Worte die Folge der Tafeln zu ergänzen und auszuweiten, zeitliche und landschaftliche Wesenheiten der Farbgebung aufzusuchen.

Volkskunst hat eine bestimmte Grundfarbigkeit, die jedoch von landschaftlichen und zeitlichen Einflüssen und Bedingungen, zuweilen sogar von behördlichen Regelungen abgewandelt wird. Wollen wir zunächst die zeitliche Abfolge betrachten, so müßte sie vor den Hintergrund der Generalfarbigkeit der jeweiligen Stile, wenn man sich so ausdrücken darf, gestellt werden. Mit diesen Fragen — die angewandte Kunst, das Kunstgewerbe, wäre als besonders wichtig einzubeziehen — hat sich die Forschung aber noch wenig beschäftigt.

Arbeiten von Barbara Brückner[5] und Torsten Gebhard[15] haben hier erste Anhaltspunkte für einen bestimmten Raum und im Grundsätzlichen erbracht. Weiterführen werden aber nur Spezialuntersuchungen, die mehr oder minder statistisch die Farbsystematik von klar abgegrenzten Möbellandschaften erschließen. Ein solcher Versuch hat für das Fichtelgebirge bereits interessante Informationen ergeben, die aber auch zeigten, wie sehr oft äußere Umstände, etwa ein neues Angebot an Gestaltungsmitteln, zu Wandlungen im Farbcharakter führen können. Daß im übrigen solche äußere Ursachen u. U. die Farbwahl an sich bestimmen zeigt etwa die bevorzugte Verwendung von Grün, der Landesfarbe, an den Möbeln der Steiermark.

Es ist schwierig, die Farbigkeit der Bauernmöbel des 17. Jahrhunderts, zumal sie nicht allzu zahlreich erhalten sind, auf einen Generalnenner zu bringen. Nach archivalischen Nachrichten und nach vorhandenen gestrichenen Bürgermöbeln zu schließen, scheint sehr allgemein Grün eine hervorragende Rolle als Fassungsfarbe gespielt zu haben. Aber auch Schwarz ist, zum Beispiel für Oberösterreich, bekannt. Für das Ende des 17. Jahrhunderts belegt ein kraftvoller Kasten aus Tölz dann die Verwendung von bereits zwei Farben, von Blau und Braun, als Grundtönung.

Die tirolischen und bayerischen Bauernmöbel des 17. Jahrhunderts lassen davon aber im allgemeinen wenig merken. Zunächst spielt das Braun des Naturholzgrundes die große Rolle, das mit dem Schwarzlot der Zeichnung zusammen dunkel und verhalten wirkt. Auch die reichere Farbigkeit bringt im allgemeinen keine grundsätzliche Änderung. Graublau, Braun, Braunrot, Weiß ist ein bezeichnender Akkord, der abgewandelt werden kann, worin bei aller Kraft eine gedeckte Stimmung, ein In-sich-Verwobensein herrscht. Es sei vor allem an die Braun-in-Braun-Tönung der Alpbacher Möbel erinnert. Der Schrank von 1724 im Bayerischen Nationalmuseum in München gehört bereits der ersten Hälfte des 18. Jahrhunderts an und ist deshalb schon feuriger, er lebt aber immer noch stark aus der Farbempfindung der frühen Alpbacher Stufe. Als weiteres Beispiel für die Farbmöglichkeiten des 17. Jahrhunderts nennen wir das prachtvolle Bett von 1655 im Bayerischen Nationalmuseum in München, das dem Tölzer Bereich zuzurechnen ist. In seiner schweren Körperlichkeit ist es typisch für diese Epoche und trägt eine Farbigkeit, wie sie aus zeitgenössischer Stadtkunst etwa der Münchener Renaissancemalerei bezogen sein kann.

Wenn man einen verwandten Akkord aus dem 18. Jahrhundert, etwa den oberösterreichischen Schrank aus dem Passauer Museum, dagegen hält, ist der Zeitunterschied deutlich zu merken. Denn unter dem Einfluß des Rokoko lichtet sich die gesamte Farbgebung auf, zumal die Bauernmöbel im ganzen, wie ihre Malerei wenigstens in bestimmten Landschaften, z. B. im bayerischen und schwäbischen Alpenland und Alpenvorland, in Tirol und in Teilen der Schweiz, dem Zeitstil nähertreten. Der eben vergleichsweise genannte Passauer Schrank strömt in diesem Sinne die Festlichkeit eines würzig-ländlichen Rokoko aus. Er ist, von der höfisch-bürgerlichen Einlegearbeit herkommend, auf einen bräunlichen Gesamtton gestimmt. Daneben tritt nun das Blau in seine beherrschende Stellung, die nicht eine Modeerscheinung sein, sondern bis fast an das Ende der Möbelmalerei bestehen bleiben wird. Der Klassizismus bringt dann vor allem ein lichtes Grün als neue Farbe, oder auch feine graue Zwischentöne, was alles offenbar vor allem im schwäbischen Raum Anklang fand. Es mag hier, mit der für die Volkskunst charakteristischen zeitlichen Verschiebung, die differenziertere und anmutige Farbigkeit des Rokoko wirksam geworden sein. Dies glaubt man etwa auch in den eigenartigen, doch höchst reizvollen Möbeln der sogenannten »Tischlermeisterin aus dem Aurachtal«, der Eleonore Fettinger, zu spüren. In Altrosa ist der Grund gehalten, als ungewöhnlich subtil erweist sich die Ausführung, die sich dem stark plastischen Gefühl dieser Landschaft (gewölbte Türfüllungen, reiches Balusterwerk) in einer preziösen Spannung verbindet.

Mit dem Fortschreiten der Zeit ins 19. Jahrhundert hinein und dem Nachlassen des Einflusses von der bürgerlichen Kunst her, die selbst immer kraftloser wird, erringt das bemalte Bauernmöbel seine größte Eigenständigkeit. Es wird in Zier und Farbe derber, aber auch kraftvoller, womit wieder eine tiefere, in sich gegensätzlichere Tönung einhergeht. In dieser Zeit, etwa in den Jahren um 1800 bis 1830, erreicht zum Beispiel das zeitweise stilnahe Tölz eine echte volkskunsthafte, selbständige Malerei mit tieferem Blau oder Grün als Grund, auf dem die Zier — es sind besonders Rosen — mit viel leuchtendem, weiß gehöhtem Rot steht. Es ist das eine verhältnismäßig plötzlich auftretende, beherrschende Erscheinung von hohem Interesse.

Eine ähnliche Spät- oder Enderscheinung, doch aus ganz anderer Wurzel, ist die überraschende Kontinuität einer barocken Stilgesinnung von urbäuerlicher Gewalt in der Möbelmalerei von Obstätt bei Grafing.

Hervorgegangen aus einer Werkstättenfolge, die auf Klosterschreiner des 18. Jahrhunderts zurückführt, hat hier Balthasar Wimmer mit seinen zahlreichen Gesellen gegen die Mitte des 19. Jahrhunderts ganze Ausstattungen in der Art des Schrankes von 1848 im Heimatmuseum in Wasserburg am Inn geschaffen: leuchtend grün und rot marmoriert, mit kleinen Füllungsbildern, die jedoch völlig zurücktreten vor den charakteristischen, überquellend reichen, phantastischen Zierschnitzereien der Aufsätze, die noch in glänzenden Farben, in Silber und Gold gefaßt werden[28].

In der Hauptzeit der deutschen bemalten Bauernmöbel, das ist die zweite Hälfte des 18. und die erste Hälfte des 19. Jahrhunderts, zeichnen sich auch die landschaftlichen Farbunterschiede stärker ab. Wenn wir nun eine Wanderung durch deutschsprachige Gebiete der Möbelmalerei antreten, so gilt hier besonders der oben geäußerte Wunsch nach intensiverer Forschungsarbeit in den verschiedenen Volkskunstgebieten. Auch vermag die Farbbeschreibung an sich der Wirklichkeit schwer zu folgen. Die Untersuchung von Torsten Gebhard über die altbayerischen Bauernmöbel[12] hat gezeigt — ebenso wie die Bearbeitung des ja noch reicheren oberösterreichischen Raumes durch Franz Lipp[38, 40] — daß innerhalb einer Stammeslandschaft Form und Farbigkeit sehr rasch zu wechseln vermögen. Für Oberbayern etwa ist festzustellen, daß Tölz, der benachbarte Mangfallgau (d. h. die Gegend von Miesbach und Aibling und das Leitzachtal), oder das Inntal ihre besondere Note entwikkelten. So steht inmitten einer jener für das spätere 18. Jahrhundert so charakteristischen Blau-Rot-Weiß-Großlandschaften beispielsweise das Inntal mit den Arbeiten des aus Tirol stammenden Schreiners und Malers Anton Perthaler von Degerndorf (Inn), einer Möbelgruppe von starker Eigenart: Die Laub- und Bandwerkmuster der oberschichtlichen Intarsiamöbel der Zeit werden in Malerei umgesetzt. So entstehen Möbel von einer das Naturholz wiedergebenden Grundfarbigkeit; auf dem hell- und dunkelbräunlich gestreiften Grund aber fügt sich die Fülle feingliederiger Details in grünen, rötlichen, weißen, ja goldenen Tönen zu einem Gewebe von seidigem Glanz.

Wenn nun verwandte Art in Oberösterreich, bei den Reiterkästen aus Linz und St. Florian, wieder auftaucht, so zeigt der Vergleich einmal die stärkere farbliche Ausgewogenheit und Tiefe der oberbayerischen gegenüber der oberösterreichischen Variante; zum anderen aber läßt er erkennen, daß in der Volkskunst bestimmte Phänomene weite Räume überspringen können, wenn sie von den gleichen Voraussetzungen ausgehen und daß sie dabei zu im Grundsätzlichen entsprechenden, im Effekt aber höchst verschiedenen Lösungen gelangen können.

Es bildet die Nachahmung von Holzton und Holzstruktur, die braune Masermalerei, an sich schon ein geradezu unerschöpfliches Anschauungsmaterial für die unendlichen Möglichkeiten des Ausdrucks, der Individualität, die dicht nebeneinander im Raume des volkstümlichen Möbels existieren können. Den Ausgangspunkt bildet die eigentliche Furniermalerei, den Endpunkt das abstrakte, in Form- und Farbgebung vom Holzcharakter völlig gelöste Ornament, das einen gänzlich anderen Aussagewert gewinnt. Denn hier ist einer der Orte, wo das Stilisierungsbedürfnis des Volksmenschen einen besonders günstigen Ansatzpunkt hat — ein Vorgang, dem übrigens auch die bunte Marmorierung unterworfen ist, die an bestimmten Möbelpartien (Sockel, Gesimse, Schlagleiste) gerne Verwendung findet. Ein niederbayerisches Beispiel, eine Schrankfüllung von 1837 im Stadt- und Kreismuseum in Landshut, zeigt eine solche ornamentale Umsetzung der Grundmaserierung (wobei auch der sogenannte »Kammstrich«, ein sehr altes Wellenmuster in Parallelstrichen, auftritt) und der Marmorierung. Leuchtend heben sich die sonoren Farben der Füllung vom in sich bewegten, tieftonigen Grund ab. Nach Westen zu, in der Gegend von Haag/Oberbayern, wird dann beispielsweise der Braungrund zu einem sehr warmen, marmorartigen Gelbbraun, dem bunte Einsprengungen eingefügt sind. Gerade der Raum um Wasserburg (Inn) scheint ein Begegnungsfeld vieler Werkstätten zu sein, die teilweise wiederum den Anschluß zum oberbayerischen Süden bilden.

Doch von diesem Exkurs in die Detailbeobachtung, die dazu anregen sollte, die typischen Farbkonstellationen auch in den Einzelheiten der Malerei aufzusuchen, zurück zu den größeren Typenräumen.

Auch die Volkstumslandschaft südlich unseres oberbayerischen Ausgangsgebietes um Mangfall und Isar, Tirol, läßt uns diese Vielfalt des künstlerischen Fühlens und Aussagens finden, in welche die intensive Forschung von Karl von Radinger[51f], Josef Ringler[53ff] und Franz Colleselli[7f] einführt. Dabei sind äußerste Gegensätze möglich, wie die festlich gestimmte Buntheit des Zillertales und die strenge, herbe, in der Frühzeit fast düstere Haltung des Alpbachtales.

Selten dürfte übrigens die oben erwähnte, aus den Wandlungen des — auch in der Volkskunst vorhandenen — Stilgefühls geborene Farbentwicklung vom 17. zum 18. Jahrundert sich so gradlinig vollziehen, wie in den drei Stilstufen der Alpbacher Malerei.

Die erste Stilstufe, das 17. Jahrhundert umfassend, hält ihren noch völlig linearen Doppelherzdekor mit seinen knapp umrissenen Blättern und Tulpen ganz im Sinne dieses Jahrhunderts allein in den Farben Schwarz und Rot auf bräunlich gefirnißtem Blankholzgrund. Auf der zweiten Stilstufe — vom Beginn bis in das dritte Viertel des 18. Jahrhunderts — erweitert man den Farbakkord auf Schwarz, Weiß, Rot und Grün; dazu wird noch der braune Firnis über dem blanken Holz durch Kämmen lebendiger gestaltet, so daß zusammen mit der wachsenden inneren und äußeren Fülle der Formen und Muster der Eindruck höchster, doch vornehm-zuchtvoller Pracht entsteht. Der dritte Stil, die Spätblüte, die noch den Übergang in das 19. Jahrhundert vollzieht, fügt schließlich der alten Farbigkeit noch Blautöne verschiedener Stufung hinzu.

Während also im Alpbachtal die Entwicklung innerhalb einer gesetzten Ordnung, gleichsam auf vorgezeichneter Bahn, fortschreitet, nimmt sie im Zillertal einen ganz anders gearteten, dem altbayerischen Geschehen verwandten Verlauf. Um die Mitte des 18. Jahrhunderts kommt es plötzlich wie ein Farbenrausch über das Tal und löst die gedecktere vorausgehende Farbigkeit, Schwarz, Rot, Weiß auf dem Braun des Blankholzes, ab. Die nun auftretende Grundierung ist meist hellblau, grün, gelegentlich rosarot, die Füllungen sind in Form und Farbe saftig, ihre Farbtöne schwingen zuweilen als Marmorierung über die meist noch kräftige, plastische Gliederung hinweg, alles in fröhliche Stimmung tauchend. Aus der gleichen Wurzel eines gesteigerten Lebensgefühles heraus werden auch die Motive aufgefrischt und bereichert.

Bis ins 19. Jahrhundert herein hält diese Bewegung an, sich teilweise noch steigernd, teilweise in zarte Rokokostimmung übergehend, bis sie in einem letzten Aufflackern gegen die Mitte des vorigen Jahrhunderts mit einer schon derberen Buntheit erlischt.

Die neue umfassende Darstellung des Tiroler und Südtiroler Materials durch Franz Colleselli[8] zeigt nicht nur die Vielfalt Tirols in seinen höchst charakteristischen Möbellandschaften, sondern ebensosehr die Entwicklungslinien innerhalb der einzelnen Räume, die meist mit den Tälern übereinstimmen. Neben Pitz- und Ötztal, Gadertal und Enneberg, die mit der Farbe sehr sparsam umgehen, sie oft nur zur Unterlegung oder Auszier von Schnitzdekor benutzen, ist in unserem Zusammenhang vor allem das Brandenberger Tal zu erwähnen mit seiner strengen, geradezu graphischen Beschränkung auf Weiß, Rot und Grün vor einem lediglich lasierten, gelblichen Grundton, die der Linearität der dünnen, langstieligen Nelkenbäume und des dicht verästelten Tulpendekors entsprechen. Das Sarntal entwickelt den eigentümlichen Farbakkord von Dunkelblau und Rot mit Weiß-Effekten auf ockerfarbenem Grund. Das stark städtisch beeinflußte Land um Bruneck im Pustertal bringt eine reiche, zartgetönte Blumenmalerei. Doch erreicht keine dieser Landschaften die Ausdruckskraft und -fülle der Nordtiroler Gebiete.

Mit einem Blick auf den prächtigen Oberinntaler Schrank von 1770 aus Kematen bei Innsbruck im Tiroler Volkskunstmuseum in Innsbruck, der stark aus der Stilkunst lebt, in seiner Tönung aber doch auch volkstümliche Haltung hat, gehen wir zur Lechgegend und zum tirolisch-allgäuischen Grenzgebiet hinüber. Das Bayerische Nationalmuseum birgt hierzu zwei schöne Vertäfelungen aus dem Tannheimer Tal. Die eine ist kräftig und klar in Gliederung und Farbe, während die andere gedämpftere Gelbweißtöne bevorzugt. Beide lehnen sich stark an den Zeitstil an, was für Tirol wie für Schwaben nicht verwunderlich ist. Die letztere Landschaft ist in der Rokokozeit geradezu angefüllt mit tüchtigen Malern, Freskokünstlern vor allem, die nicht nur im Kunstzentrum Augsburg, sondern auch in Füssen, Kempten, Donauwörth, Weißenhorn und andernorts saßen. Schwaben hat denn auch eine feine volkstümliche Möbelmalerei hervorgebracht, auf die schon Zell[95] hinwies. Es sei zum Beispiel der Schreiner Xaver Boos aus Baisweil genannt, von dem Arbeiten im Kaufbeurer Museum zu sehen sind. Farbigkeit und Motive leben hier, ebenso wie bei den Wiegen des gleichen Museums, aus der Stimmung des Spätrokoko und des Klassizismus. Ein reizendes Eckkästchen aus dem Museum Immenstadt dagegen und noch mehr etwa ein schöner Schrank in Ottobeuren mit seiner kraftvollen Buntheit rücken schon stärker von dieser Zone ab. Der letztere leitet zur nordschwäbischen Gruppe über, von der weitere Beispiele in den Museen Donauwörth, Günzburg oder Weißenhorn zu sehen sind. Die Malerei wird hier im allgemeinen bäuerlicher und gibt sich in kräftigen Gegensätzen. Irgendwo zwischen den schwäbischen Bergen und der Donau müssen auch jene prächtig geschnitzten Schränke und Halbschränke beheimatet sein, die kräftige Farben, vor allem Blau, Grün und Gold, mehr fassungsmäßig verwenden, deren Füllungen aber meist mit Blumenvasen sehr gewandt bemalt sind. Sie haben etwas tieftonig Prunkendes an sich, eine volkstümliche Bürgerlichkeit, die etwa an Kleinstädte Mittelschwabens als Ursprungsort denken läßt[111].

Aber auch in der Schweiz kommt eine ähnliche Spielart vor. Bei Baud-Bovy[1] ist ein derartiges Stück aus Appenzell von 1797 abgebildet, dessen teils geschnitzte, teils gemalte Zier heller und hie und da selbst golden aus dunklem Grund herausleuchtet. Das ist aber auch wieder nur eine der vorhandenen ostschweizerischen Farb- und Formmöglichkeiten. Ein Appenzeller Schrank von 1745 aus Stein im Landesmuseum in Zürich läßt schon in der Schwarzweiß-Wiedergabe ahnen, daß er einen anderen Akkord spielt, der hauptsächlich die Töne Blau, Rot, Grün getrennt durch Weiß und Schwarz, enthält. Er gehört freilich einer noch etwas früheren Zeitstufe an, als die sonst in diesem Zusammenhang behandelten Möbel.

er@aon.at]

lie´s Swing Cats - Barrelhouse Jazzband -
alomon

I Schrank Mittelfranken, 1782. Bei strenger Beschränkung auf eine einfache Farbigkeit und auf die Dekormotive von Blütenstand und Blütenranke entsteht die Vorstellung von lebensvollem pflanzlichen Wachstum.
Privatbesitz

Sanc.
Wiñocus. Ein Miller. ünd
ein Prister. 1795

II Detail aus der Türe einer Stubenvertäfelung, Oberschwaben, 1795; dargestellt der Volksheilige Winnocus, der Müller und Priester war.
Kaufbeuren, Heimatmuseum
◄

III Detail aus der Türe einer Stubenvertäfelung, Allgäu, um 1800; dargestellt Dienstmagd mit Besen.
Kempten, Heimatmuseum

IV Fußbrett eines Aufsatzbettes mit der Darstellung zweier Bauernmädchen, die eine Kuh mit Kalb treiben. Oberösterreich, spätes 18. Jahrhundert.
Samesleiten bei Linz, Freilichtmuseum

Ich schlafe hier als wie ein Kindt:
bis ich erwache und straf die Sindt:
INRI
1 7 P G

V Kopfbrett eines Himmelbettes, bayerisches oberes Inntal (Werkstatt Perthaler?), 1784. Dargestellt das schlafende Jesuskind mit den Leidenswerkzeugen, die Christi Erlösungstod symbolisieren. Spruchband: »Ich schlafe hier als wie ein Kindt: bis ich erwache und straf die Sindt:«.
München, Bayerisches Nationalmuseum

VI Schrank, Sachsen, 1774. Der klaren und straff konturierenden Gliederung der Schrankfassade steht kontrastierend das lockere Spiel der Rocaillen gegenüber, die in köstlicher Unbefangenheit hingeschrieben sind.
Privatbesitz

Für den baden-württembergischen Raum hat A. Walzer[92] die großen Linien der Entwicklung zu bestätigen vermocht, die uns bereits anderwärts begegneten. Große Vielfalt zeichnet sich hier ab. So bilden die Möbel der Uhrmachergegend um Lenzkirch, Furtwangen und Neustadt eine eigene Gruppe, die ihre handwerkliche Prägnanz aus der Uhrschildmalerei und deren spezifischer Lacktechnik bezieht, wie überhaupt der Hochschwarzwald neben etwa Oberschwaben oder dem Hohenloher Land in kraftvoller Individualität hervortritt.

Während man nun auf der Baar, im Schwarzwald oder auch am Bodensee vielfach einer weichen oder gebrochenen Farbigkeit, graublauen und graugrünen Tönen begegnet, ändert sich die Lage vollkommen, wenn man den fränkischen Teil des heutigen Landes Baden betritt, den Odenwald und das Bauland. Hier liebt man Farben, die im Bauernmöbel als Grund seltener vorkommen, nämlich ein wärmeres Braunrot bis zum Zinnober. So geartet ist zum Beispiel die Grundfarbe an dem aus Mudau stammenden Schrank von 1830 im Badischen Landesmuseum zu Karlsruhe. Seine Felder sind gelb untermalt, die Zeichnungen braun und dunkelgrau-grün. Rotbraun kommt, wenn auch nicht in dieser beherrschenden Art, als Teilton auch sonst in Franken, so beispielsweise in der Feuchtwanger Gegend oder im Frankenwald vor. Ebenso zeigt Rotbraun mit Gelb ein Schrank im Museum von Schweinfurt. Im übrigen ist an sich im fränkischen Bereich bis tief nach Osten in die Oberpfalz hinein blauer Grund in verschiedenen Varianten weithin die tragende Farbe. Als Beleg führen wir den Schrank von 1831 aus der Gegend von Feuchtwangen an. Doch ist daneben aus der gleichen Landschaft auch wieder grüner Grund überliefert, oder ockergelber Grund mit blau-rot-grüner Zeichnung anzutreffen. Wenn wir also die stattliche Möbelreihe des Feuchtwanger Museums betrachten und dazu als Ergänzung die Sammlungen der Museen Windsheim und Heilsbronn heranziehen, so erweist sich die Farbigkeit bereits innerhalb dieses begrenzten Raumes und während einer Zeitspanne von etwa dreißig Jahren als sehr differenziert. Ähnlich verhält es sich mit den Flössertruhen, wie sie das Kronacher Museum bewahrt, die man aber auch – da sie mit den Flößern main-, ja rheinabwärts wanderten – weit entfernt vom heimatlichen Frankenwald antreffen kann. Häufig tritt hier das fränkische Blau als Hauptfarbe auf, mit Weiß, Gelb oder Rotbraun als Füllungsgrund, auf dem dann wieder bunte Blumen stehen. So kann der tiefe, kräftige Akkord, der aus einer schönen Truhenwand des Kronacher Museums leuchtet, nicht unbedingt als allgemeingültig betrachtet werden. Ihren besonderen Charakter hat dann wieder die Rhön, wofür das Museum Fladungen schöne Beispiele zeigt. Bei an sich unterschiedlichen Farbstimmungen setzt sich die Gesamtfarbigkeit aus mehrfach wechselnden Einzelflächen zusammen und besitzt keinen bevorzugten Gesamt-Grundton. Dazu kommt noch die betonte Verwendung von Weiß als gemeinsamer Note[63].

So scheint es denn fast ein aussichtsloses Beginnen, eine gebietsmäßige oder stammliche Gesetzlichkeit aus der bunten Vielfalt der Erscheinungen herauszukristallisieren, und doch sind die landschaftlichen Prägungen vorhanden. In diesem Sinne wird man für Franken wenigstens die sehr allgemeine Feststellung machen können, daß die Farbigkeit, wie auch Form und Motiv, im Gegensatz zu bayerisch-schwäbischen Gebieten, weniger zeitstilbeeinflußt, also bäuerlicher und eigenständiger sind.

Nach Thüringen und ins Egerland sind die Grenzen fließend. Im letzteren Gebiet war etwa Blau-Rot-Braun der frühere Akkord; später lichtet sich die Stimmung auf, und Egerländer Möbel des Germanischen Museums zu Nürnberg zeigen mit Blau zusammen zart rötliche Töne.

Können wir bei unserer Wanderung nicht alle Landschaften gleicherweise berücksichtigen, so müssen wir doch bei Sachsen etwas verweilen. Es besaß, wie schon betont wurde, eine bedeutende Möbelmalerei, die bereits im 17. Jahrhundert einsetzt. Oskar Seiffert[83] weist auf einen strengen, kraftvoll bemalten Kasten mit Kammstrichflächen und Blumenfüllung hin, der braun getönt ist und noch in das 17. Jahrhundert gehören wird, sowie auf eine entwicklungsgeschichtlich bedeutsame Truhe, die plastische Gliederung mit Bemalung (Blumenvase auf rotbrauner Grundierung) vereinigt. Bei Adolf Spamer[108] finden wir einen Schrank von 1692, der schon völlig bemalt ist und wie »eine Kopie von Schnitzschränken« anmutet. Erwähnen wir noch, daß auch die farbige Übersetzung von städtischen Intarsiamotiven vorkommt, so werden in Sachen ähnliche Quellen und Vorstufen wie in anderen deutschen Landschaften sichtbar.

Körper sowie Form und Farbe der Zier vereinigen sich bei sächsischen Möbeln nicht selten zu eigenartiger und sehr ausdrucksvoller Gestaltung. Dabei sind Grün, Blau und Rotbraun die tragenden Grundfarben, Blau vor allem, wenn auch nicht ausschließlich, in der Lausitz, an der übrigens auch Schlesien und Brandenburg Anteil haben. Rotbraun ist der Füllungsgrund bei dem Schrank aus der Oberlausitz von einem Herrnhuter Meister, 1779, im Staatlichen Museum für Volkskunst in Dresden; er hat dunkelgrünen Gesamtgrund, der auch sonst zu finden ist, wie selbst Gelb als beherrschende Farbe nicht fehlt. Spamer[108] stellt folgenden Ablauf der Grundierungstöne fest: 17. Jahrhundert Grün, zwischen 1750 und 1790 sattes Tiefgrün, Braungrün bis lichtes Graugrün; daneben seit 1775 Blau. Letzteres verblaßt zu Beginn des 19. Jahrhunderts, flackert aber in der Lausitz um 1825—1835 nochmals auf. Doch zeigen dort, wo die ganze Stube zu einheitlich farbiger Wirkung zusammenwächst, die meisten Möbel zwischen 1795 und 1830 eine rotbraune bis in tiefes Weinrot gehende Deckfarbe. Zu diesen Unterschieden zeitlicher Abfolge kommen noch solche der Landschaft (Spamer weist besonders auf den Gegensatz zwischen dem Vogtland und der Lausitz hin), so daß sich auch in Sachsen ein lebhaft wechselndes Gesamtbild ergibt, das sich trotzdem beispielsweise von süddeutsch-bayrischer Art klar abhebt.

Namentlich die Oberlausitz kann als eine Möbelmalereilandschaft von ausgeprägter Eigenart gelten. Imposante Stollenschränke tragen einen überquellenden Dekor, der gleichsam gebändigt ist durch die beharrliche Anwendung einiger bleibender Motive, vor allem des geschweiften Schriftschildes als Mittelpunkt und der begleitenden seitlichen Rauten. Großgesehene Einzelblumen, insbesondere Tulpen von »fast exotischer Üppigkeit«, überwuchern die restlichen Flächen. Dazu gesellt sich eine erregende, fast aggressive Farbenfreude, die nicht so sehr aus der Fülle der Farben (Schwarz, Weiß, Rot, Grün, Gelb) als vielmehr aus der vielfältigen Farbabstufung des einzelnen Ornamentes und dem breitströmenden, malerischen Pinselzug ersteht. Friedrich Sieber[84] gelang es nachzuweisen, daß diese Möbel im Laufe des 18. Jahrhunderts in den großen Gemeinschafts-Werkstätten der protestantischen Exulanten-Siedlung zu Herrnhut bei Zittau entstanden.

Im Osten ist Schlesien die wichtigste Landschaft für die Möbelmalerei, was angesichts seiner stammesmäßigen und kulturellen Bindungen und seiner bedeutenden Barockkunst nicht verwunderlich ist. Da dort die Rauchstube auf dem Land erst im Lauf des 17. Jahrhunderts zu verschwinden scheint, darf wohl im allgemeinen vor 1700 nicht mit reicher bemalten Bauernmöbeln gerechnet werden. Vielleicht waren dieselben plastisch geziert wie in Franken; jedenfalls vereinigt ein Brotalmer aus dem Riesengebirge im Schlesischen Museum für Kunst, Gewerbe und Altertümer in Breslau als doppelgeschossiger Schrank von 1798, grundsätzlich der fränkischen Art verwandt, plastische Gliederung und Malerei (dunkleres Grün mit Gelb, weißen und wenig roten Tönen). Die Jahreszahl könnte später aufgesetzt sein, da seine Art ganz der Haltung des 17. Jahrhunderts entspricht. Die Schablonierung, die wir für die Entwicklung der Bauernmöbelmalerei als wichtig erkannt haben, hat es auch in Schlesien gegeben. Sie ist allerdings bisher nur an spätgotischen Sakristeischränken festgestellt, während die verbindenden Zwischenglieder des 16. bis 17. Jahrhunderts zu fehlen scheinen. Im Schlesischen Museum für Kunstgewerbe und Altertümer in Breslau befand sich vor dem Krieg ein solches Stück, das in großen, quadratischen, diagonal aufgeteilten Flächen rote und ganz zarte gelbe Töne aufwies, worüber schablonierte Granatblütenmuster rot-, gelb- und schwarzfarbig lagen. Um 1700 setzt dann mit Sicherheit die Malerei ein. Erich Meyer-Heisig erbrachte die Beweise[43], nämlich ein Himmelbett aus dem Jahre 1700 und einen Kleiderschrank, bezeichnet 1714. In dieser frühen Zeit sind die Farben vielfach dunkel und ruhig, während des 18. Jahrhunderts erblüht dann — wie überall liegt auch hier die höchste Entfaltung im späten 18. und in der Frühzeit des 19. Jahrhunderts — eine hellere, frohere Lebendigkeit, die sich im Laufe der Entwicklung, wie bei der Zierform, vom Zeitstil stärker entfernt und zu einer eigenständigen Volkskunst führt. Die Palette des Schreiners, der wohl meistens auch der Maler ist (er hat Vorlagenblätter benützt, wie solche aus dem Riesengebirge bekannt sind), enthält Rot und Blau aller Schattierungen; daneben gibt es Akkorde von Blaugrün und Hellgrün und Gelb mit Weiß. Leuchtend gegensätzlich, noch gesteigert durch eine Art von perspektivischer Diamantierung, sind die Farbfelder nebeneinander gesetzt. Es ist das schlesische Art, die allerdings daneben auch in Böhmen vorkommt. Besonders rassig sind dabei in ihren Maßverhältnissen wie in ihrer Gesamterscheinung die Brotschränke, über die Hanshugo Nehmiz[47] berichtet hat. Die deutsche Bauernmöbelmalerei endet in Ostpreußen. Während das Bauernland an der Weichsel unter Danziger Einfluß das eingelegte Möbel kannte, huldigte besonders der östliche und nördliche Teil, bis ins Memelland hinein, der Malerei. Sie gibt sich meist recht bäuerlich, der Grund ist in der Regel grün oder blau, vor dem die Blumen leuchtend rot und weiß stehen[104].

Von hier wenden wir uns wieder nach Westen und überschreiten die Grenze zum Naturholzmöbel. Doch ist auch in diesem weitläufigen Gebiet, wie Albert Schröder[80] übersichtlich dargestellt hat, die Möbelmalerei keineswegs unbekannt. Sie bildet sogleich in Pommern eine bedeutsame Enklave; es ist der Weizacker, jener Landstrich um die Stadt Pyritz, der sich in künstlerischer Hinsicht vom übrigen Pommern deutlich abhebt und über den wir die schöne Monographie von Walter Borchers[3] besitzen, der folgende Wesensbeschreibung entstammt: »Die Eigenart der Weizackerkunst liegt in der Betonung des Farbigen, des Koloristischen, weniger in der Form. Ja, in der Möbelkunst dominiert die Farbfreudigkeit so, daß unbekümmert um Materialgerechtigkeit das dekorative graphische Element die Architektur des Möbels überwuchert, ja einfach unterdrückt, eine Tatsache, die man sehr oft bei ostdeutschen Möbeln beobachten kann.« Die Farbigkeit — es handelt sich ausschließlich um Truhen und Geschirrschränke — ist nach Borchers verschiedenartig: blau, rot, gelb; blau, grün, gelb; auch einfache Anstriche, rot, blau, braun, treten auf. Das kräftige, dunkle Blau ist dabei die ausschließliche Grundfarbe, von der sich die Tulpen und Rosenblumen leuchtend abheben. Es wurde mit Leim- und Ölfarben gearbeitet, wobei die Muster auf die Grundierung mit Ölfarbe, und zwar mittels Schablone oder auch freihändig aufgetragen wurden.

Farbigkeit an sich gibt es auch sonst noch in Pommern. Neben den bunteren Räumen der Weizacker-Bauern stehen die nur auf Schwarz und Rot gestimmten Stuben der Darßer Seefahrer, die jedoch nur Anstriche kennen. Erst die Jamunder Bauern pflegen wieder richtige Malerei, die allerdings in den Motiven und in ihrer linearen Art die Herkunft aus der Kerbschnitzerei erkennen läßt. Es handelt sich hauptsächlich um die Brautstühle, deren ausladende Rückenlehne ausgesägt und mit Tulpen und Rosen, Fächer- und Wirbelornamenten bemalt ist[106].

Im Westen unserer Möbelgroßlandschaft spielt Farbigkeit im Küstengebiet (Marschland, Halligen) eine wichtige Rolle. Handelt es sich dabei in erster Linie um Fassung und Gesamtraumgestaltung, die von Holland beeinflußt ist, so kommt doch auch das bemalte Möbel vor. Die Herkunft vom Bürgerlichen ist aber nicht zu verkennen und eine eigenständige bäuerliche Malerei hat sich nicht entwickelt, wie die Untersuchungen von Ernst Schlee[70, 110] zur Schleswig-Holsteinischen Volkskunst ergeben haben. Wir sagten bereits früher, daß die Grenzen zwischen den Kulturlandschaften breite Zonen sein können. Dies gilt auch für den Süden von Niedersachsen und von Hessen. Im Harzer Land bis Braunschweig gibt es Möbelmalerei, wobei mancherlei Einflüsse zusammenkommen. Der schöne Schrank aus Suderode von 1781 im Museum Quedlinburg weist auf Sachsen-Lausitz hin. Hessische Volkskunst ist zum Teil betont farbig. Doch handelt es sich auch hier hauptsächlich um Fassung und Höhung der Schnitzerei wie bei den bekannten Schwälmer Brautstühlen, denen Karl Rumpf[68] eine eigene Untersuchung gewidmet hat. Immerhin kommt auch gemalte Zier, an Möbeln, besonders aber auf Geräten, vor, wie Adolf Spamers und Karl Rumpfs Arbeiten zur Hessischen Volkskunst[85, 102] in reichem Maße dartun. Mit dem Grenzstreifen, der von Thüringen her gegen den Rhein zieht, schließt sich der Ring unserer Betrachtung landschaftlicher Farbigkeit.

Es hat sich dabei aber immerhin gezeigt, wie der Boden, die Menschen und geschichtliche Verhältnisse zusammenwirken, um das Gesamtbild reich und bunt zu machen. Es sei hier noch einmal an die tiefen Zusammenhänge der Existenz von Möbelbemalung mit der gesamten Wohnkultur eines Gebietes erinnert, an die Voraussetzungen, die vom bäuerlichen Hausbau her geschaffen sein müssen. Oskar Moser[46], Franz Lipp[40] und Leopold Schmidt[77] haben dies etwa am Beispiel Kärntens bzw. Oberösterreichs oder der Steiermark anschaulich gemacht. Hier zeigt sich, daß das Wohnsystem der Rauchstube, des Wohnraumes mit dem offenen Feuer auf der mächtigen Herd-Ofen-Kombination, dessen Rauch durch die Stube — nicht durch den Kamin — abzieht, für längere Zeit die Entwicklung der Möbelbemalung zugunsten etwa eines plastischen Möbelschmuckes hinausgezögert hat, teilweise, so in der Steiermark und in Kärnten, bis zu einem Zeitpunkt um das Ende des 18. Jahrhunderts, wo die malerische Kraft in gewissem Sinn unvermittelt einsetzt und deshalb nicht mit der prächtigen Blüte der lange gewachsenen Malerei anderer Gebiete zu vergleichen ist. Möbel von einer stillen Grundfarbe mit meist strengerem, konzentriertem Dekor in kraftvoller Farbigkeit sind das Ergebnis. Andererseits findet eine bäuerliche

Möbelkultur, wie sie Oberösterreich, namentlich im Zentralgebiet, hervorgebracht hat und wie sie wohl nirgendwo sonst wieder erreicht wurde, ihre Erklärung nur aus den sozialen und den kulturgeschichtlichen Gegebenheiten dieses reichen Landes, das in seinen zahlreichen Klöstern und Stiften Kulturzentren von bedeutendstem Ausmaß besitzt. Solcher Anspruch, solche Steigerung des Wohnens, die über die auch sonst hin und wieder gefertigten Möbelgarnituren (Bett, Schrank, Truhe, Kommode o. ä.) zur einheitlichen Ausstattung ganzer Räume gelangt, aber auch das einzelne Möbel in einem sonst kaum gekannten Ausmaß mit Dekor bedeckt, setzt eine adäquate Wohnstatt und ein entsprechendes Lebensgefühl der Bevölkerung voraus. Denn bäuerliches Selbstbewußtsein und ländliches Repräsentationsbedürfnis sind als Triebkräfte bei der Entwicklung der Möbelmalerei zu ihrer Hochblüte nicht zu unterschätzen. Dann aber kann von einem Land wie Oberösterreich auch eine Ausstrahlungskraft ausgehen, die so stark ist, daß sie die Möbelgestaltung auch im östlichen Nachbarlande, in Niederösterreich, weithin formt. Bei aller landschaftlich bedingten Vielfalt der Möbelmalerei gehen jedoch geheime Bindungen durch ihren gesamten Existenzbereich. Es ist dies einmal die große Vorliebe für Rot und Blau, Farben, die in vielfach abgestuften Tönungen weithin das tragende Gerüst bilden, oder doch wenigstens fast immer bedeutsam mitschwingen[72]. Es ist das an sich keine neue Feststellung, sondern nur eine Bestätigung der alten Redensart: »Blau und rot ist Bauernmod.« Wir können hier nicht nach den Gründen für diese Erscheinung suchen. Sie liegen wohl ebenso im Technischen (die Malarten und Farbstoffe müßten untersucht werden) wie im Sinnbildlichen. Eine zweite verbindende Tatsache ist in der Art zu sehen, wie die Farben nebeneinander gesetzt werden. Es geschieht das mit einer scheinbaren Unbekümmertheit, die das unmittelbar Gegensätzliche nicht scheut, ja sogar sucht, wofür unser schlesischer Schrank aus Boberröhrsdorf ein besonders eindrucksvolles Beispiel abgibt. Es entsteht so, wenigstens innerhalb der eigenständigen Bauernmöbel, eine kräftige, oft leuchtende Buntheit; aber all diese hell und dunkel nebeneinanderstehenden Flächen, Tupfen und Striche sind doch durch ein Gesetz zur Einheit zusammengebunden. Dabei ist auch das Verhältnis von Grund und Füllung und die ganze Gliederung und Art der Zier von Bedeutung. Wir müssen deshalb auch diesen Dingen eine kurze Betrachtung widmen.

Der Hauptträger der Möbelmalerei ist der Schrank, der seit dem 17. Jahrhundert — die Dichte seines Vorkommens ist zeitlich und landschaftlich sehr unterschiedlich — in das Bauernhaus eintritt. Seine Form ist dazu sehr günstig: große Flächen, die durch Unterteilung wieder begrenzt sind. Die Feldergliederung nämlich, die vom Architekturschrank ausgeht (dessen Gestaltungselemente etwa bei dem Sockelschrank aus der Gegend von Wasserburg, 1639, im Museum in Wasserburg/Inn noch deutlich sprechen), wird auch im Malerzeitalter vielfach beibehalten. Es sind das vier Füllungen beim Zweitürenschrank und zwei beim Eintürschrank, wozu schmale Neben- und Zwischenfelder treten können. Zeit, Landschaft und die Grade der Annäherung an die Stadtkunst sorgen auch hier für Bereicherung und Wechsel. Zeitlich frühe oder auch altartige Möbel, wie die Sakristeischränke von Klingenberg oder Wimpfen oder der Bhalter von Wunsiedel, stehen noch vor dem genannten Schema. Zeichnungen oder Farbe weht bei ihnen mit starkem Einheitsdrang über die Fläche hin. Ähnliche Erscheinungen treten gegen Schluß der Entwicklung wieder auf. Zunächst aber kommt der Schulzwang der Renaissance über das deutsche Bauernmöbel und teilt es streng in Felder. Die Gegenwirkung läßt jedoch nicht lange auf sich warten. Bei dem prachtvollen Bett von 1655 im Bayerischen Nationalmuseum überfluten bereits Farbe und Zier den Rahmen. Ähnlich verhält es sich mit dem Appenzeller Schrank von 1745 im Schweizerischen Landesmuseum, Zürich, der an sich noch eine kräftige plastische Gliederung aufweist. Unter dem Einfluß des Rokoko geraten dann die Schranken selbst in Bewegung: Die Konturen lösen sich in lockerem Spiel, die Felder schweifen sich und neigen sich mit optischer Verknüpfung einander zu. Der starke Einheitsdrang in der Kunst des 18. Jahrhunderts setzt sich auch beim Bauernschrank durch und faßt die Schauseite in inniger Verflechtung zusammen. Der schöne Tiroler Schrank aus Kematen, 1770, im Tiroler Volkskunstmuseum in Innsbruck führt die volle Beherrschung der Zeitmittel vor, aus der jede der beiden Türen im illusionistischen Spiel eines einzigen königlichen Ornamentes sich sammelt. Eine vergleichbare Idee finden wir etwa bei einem Schrank in Tittmoning aus der Salzachgegend, der nun beide Türen sinngemäß zur Einheit werden läßt; doch spüren wir hier schon eine gewisse ländliche Trockenheit des Ausdrucks. Anders der eigentlich volkstümliche Umgang mit den Dekorelementen, die das Rokoko anzubieten hat: während ungebundenste Phantasie wie in rauschhaftem Überschwang gewisse Möbel Mittel- und Ostdeutschlands vom Schmuck geradezu überwuchern oder ihre Malerei zu einem in sich geschlossenen Teppich von Formen und Farben über dem Grund zusammenwachsen läßt, schmilzt etwa in Oberösterreich eine elementare Kraft das Stilkunst-System selbst zu neuer Ausdrucksgestalt um. Einzigartig verkörpern dies die Möbel des Traunviertels; ihre flackernden Rocaillen und die »flammenden Tulpen«, in Rot-Gelb auf starkem Blau, strahlen, den Bildraum des

Möbels oft bis zum Bersten füllend, eine überwältigende, geradezu aggressive Prächtigkeit aus. Gerade Oberösterreich zeigt auf relativ engem Raum die Variationsbreite dieser Epoche. Greifen wir als Beispiel nur das eine Thema heraus: volkstümliche Umsetzung des oberschichtlich-kunstgewerblichen Intarsienmöbels: in einem bezeichnenden Kontrast stehen sich hier die vornehm-verhaltene, den bürgerlichen Vorbildern ganz unmittelbar verpflichtete Furniermalerei der Linzer und Florianer Reitermöbel und die starkfarbige, in den letzten, wesenlos gewordenen Resten des klassischen Rahmensystems der Marketterie nur mühsam gebändigte vegetabile und figürliche Üppigkeit des Gunskirchener Raumes gegenüber.

Geschah hier eine Umorientierung des Rokoko-Dekorationsangebotes in strotzender Kraft, so vollzieht sich andernorts — in Oberbayern beispielsweise — ein Begreifen des Rokoko in der Auflockerung, im Leicht- und Spielerischwerden der gesamten Bildgestalt. Auf eine sehr anspruchsvolle Weise verleiht etwa Anton Perthaler dem Schrank, den er 1788 für sein eigenes Wohnhaus in Degerndorf malte (heute im Bayerischen Nationalmuseum München), den Ausdruck liebenswürdiger und zugleich kostbarer Eleganz; das sanfte, weißliche Blau, der Goldton der zart sich spinnenden Rocaillen, die feinen Rosenranken sind daran gleicherweise beteiligt. Das nämliche Grundprinzip einer Lockerung des vierteiligen Dekorgefüges zu einem reichen Gesamtmuster, das sich an vier Punkten lediglich farbig und szenisch verdichtet, ist an dem Schrank im Bayerischen Nationalmuseum des Leitzachtaler Fresko- und Möbelmalers Johann Böheim von 1778 üppiger und rustikaler gegeben. Ein anderer Inntaler Maler löst in dem zeitlich frühesten der drei Beispiele dieses Anliegen auf die kühnste Weise: das Gegeneinander der zartfarbigen, aber sehr kompakten, übrigens der Malerei des Zillertales nächst verwandten Felderfüllungen und der prägnant und zeichenhaft hingeschriebenen kühlen Ornamentik auf dem tiefblauen Grund ist von einzigartigem Reiz.

Anders wiederum ist der Weg, den die Möbelmaler des fränkisch-württembergischen Raumes bei der volkstümlichen Verarbeitung des Rokokosystems gehen: eigenartig in seiner strengen Konzentration auf das von Rocaillen durchblühte Mittelfeld, das ohne Beginn und Ende den Schrank durchzieht, bleibt der Bauländer Kasten von 1834 im Mainfränkischen Museum in Würzburg. Im Gesamtaufbau ähnlich, im Wesen jedoch anders, von zarter Unwirklichkeit, ist die Formung der Schrankwand in der Malerei Württembergisch-Frankens, die sich in der ersten Hälfte des 19. Jahrhunderts in dem Ort Untermünkheim am Kocher und um die Person des Johann Michael Rössler sammelt[25]: liebenswürdig steigt über die Fläche das verspielte Gerüst der Blumenstäbe auf, in dem Mensch und Tier, Früchte und Blumen ihren Platz finden. Wie so oft in der Volkskunst werden auch hier die Elemente der Stilkunst dankbar empfangen und, nach Menschenaltern noch, unbedenklich angewandt, umgesetzt und verwandelt. Solche Art der Verwandlung vollzieht sich aber auch etwa in dem Gestaltwechsel des Kartuschenfeldes am Lausitzer Schrank von 1779 im Staatlichen Museum für Volkskunst in Dresden; seine Auflösung und Neuformung zu blütenähnlichem Gebilde schafft eine Atmosphäre von vegetativ-ausladender Prächtigkeit.

Sinngemäßer, oft auch zeitlicher Endpunkt dieser ganzen vielfältigen Entwicklung der Schrankwand sind dann Erscheinungen wie jene bereits erwähnten Tölzer Möbel des 19. Jahrhunderts, die ihre Flächen einheitlich mit den roten, weiß gehöhten Farbflecken bedecken, wovon die dünn und kraftlos gewordenen Rahmenlinien völlig übertönt werden. Grund und Zier treten gleichsam als zwei verschiedene Flächen auseinander und bei stärkster bäuerlicher Haltung ist eine geradezu rokokohafte Entstofflichung der Grundmaterie erreicht. Es ist ein Zustand der Irrealität, den dann, aus anderen Wurzeln, aus einer Auflösung und Neuordnung nach den Gesetzen abstrakter Ornamentik, auch die schlesischen Schränke mit ihrer mosaikartigen Fügung von gegensätzlichen Farbpartien gewinnen.

Und doch sind keineswegs Überschwang und Auflösung die eigenen und einzigen Gesetze der Volkskunst. Es gibt Stücke von wahrhaft bäuerlicher Art (z. B. in Franken), bei denen der Eindruck klarster Gliederung bestimmend ist. Und geradezu feierlich streng wirkt der Odenwälder Schrank von 1830 im Badischen Landesmuseum in Karlsruhe mit seinen vielen aufgereihten Rahmenfeldern, denen die unbewegliche Ruhe ihrer Figuren entspricht.

Wir haben das nach Zeit und Landschaft unterschiedliche Verhalten der Flächengliederung und -schmückung am Beispiel des Schrankes betrachtet, der hierzu die besten Voraussetzungen bietet. Bei der Truhe, den Aufbewahrungsmöbeln für Geschirr und der seltener bemalten Kommode würden wir die grundsätzlich gleichen Beobachtungen machen, und dasselbe gilt schließlich, nur in körperbedingter Abwandlung, von der Zimmervertäfelung, von Bett, Wiege, Stuhl und Schlitten und den anderen Gegenständen, die sich der Malerei hingeben, wie etwa die Brautschaffe, die ebenso wie der schöne Wasserbehälter des Münchener Nationalmuseums aus Tirol stammen, die beiden Werkzeugkästen oder die Bruderschaftslade aus Wasserburg, oder Holzkanne und Löffelkörbchen aus der Schwalm. Hier sind auch zu nennen die bemalten

Schachteln verschiedener Herkunft. Die Spanschachteln im Bayerischen Nationalmuseum München sind großenteils Berchtesgadener Erzeugnisse, eine runde Brautschachtel gehört zu einer großen Gruppe, deren Abstammung noch nicht einwandfrei feststeht, und die Trühlein, ebenfalls Brautgeschenke, sind Denkmale der bürgerlichen Wismutmalerei, die seit dem Ausgang des Mittelalters mancherorts, zum Beispiel in den Städten Ulm und Nürnberg, geübt wurde. Sie ging auch in den Volkskunstbereich über, wofür Berchtesgaden in seiner frühen Stufe einen Beleg bietet. Es wäre noch zu untersuchen, ob diese Wismutmalerei nicht ebenfalls auf die Anfänge der farbigen Bauernmöbel einen förderlichen Einfluß gehabt hat.

Die Malerei strahlt übrigens noch über die häusliche Zone des Möbels und verwandter Gegenstände hinaus. Man denke beispielsweise nur an die kraftvoll mit leuchtenden Farben geschmückten Schellenbögen des Fränkischen Jura, wie sie das Hersbrucker Museum zu Hunderten bewahrt[26]. Ein weiteres Beispiel bilden Fahrzeuge; so besitzt das Feuchtwanger Museum eine Feuerspritze von 1781, die aus dem Ansbachischen Schloß Triesdorf und somit aus Hofbesitz stammt, die aber ganz volkstümlich bemalt ist. Besonders sind in diesem Zusammenhang die festlichen Truhenwägen zu nennen, die bei der Tölzer Leonhardifahrt noch in Gebrauch sind. Ihre Bemalung geht in älterer Zeit durchaus mit den Möbeln zusammen.

Wir konnten erkennen, daß das alte Bauernmöbel in der farbigen Flächenschmückung bestimmten Gesetzen folgt, die übrigens verschieden streng gehandhabt werden, wie wir bereits feststellten und späterhin nochmals sehen werden. In diesem Zusammenhang sind nun auch Art und Form der Schmuckmotive wichtig. Zum grundlegenden Bestand der Möbelmalerei, wie des volkstümlichen Schmückens überhaupt, gehört das Ornament, schon weil für die Volkskunst als formschöpferische Kraft die Stilisierung ins Ornamentale innerstes Wesen bedeutet. Wir unterscheiden elementare, oft höchst altartige Zeichen, wie den Sechsstern aus dem Zirkelschlag oder die Wirbelrosette, Kreis- und Kreuzformen, die bereits vielerlei weltanschaulichen Deutungsversuchen ausgesetzt waren, von den Formen, die aus der Stilkunst der verschiedenen Epochen übernommen wurden. Nennen wir hier für das 17. Jahrhundert etwa die Arabeske, jenes zartlinige Geflecht, dem unvermittelt einzelne, stilisierte Blätter entwachsen, das wir beispielsweise auf ostbayerischen Boden vorfinden, und das dann in zunehmend volkhafter Verformung sich zeigt. Für das 18. Jahrhundert hat als ursprünglich oberschichtliches Ornament die Rocaille, die phantastisch reduzierte und stilisierte Muschel, die größte Bedeutung erlangt. Die volkstümliche Möbelmalerei greift sie begierig auf und unterzieht sie mannigfachen Wandlungen: vom kraftvollen, plastisch wirkenden, flächengliedernden Element zum zarten, die Fläche überziehenden Gespinst, vom kostbaren, goldenen Spitzengebilde, das Rosen durchsprießen, zum üppigen, nach Struktur und Farbigkeit prall und expressiv gewordenen Gefüge. Im vegetabilen Zierbestand der Möbelmalerei steht dann die Blume obenan und soweit diese naturalistisch bestimmbar ist, genießt die Rose die größte Beliebtheit. Von den öfter bereits genannten Tölzer Möbeln, wo sie prall und oft geradezu maßlos blüht, über die Uhrenschildermalerei des Schwarzwaldes bis zum Weizacker und nach Ostpreußen hin, wo sie das fast ausschließliche Motiv bildet, ist sie zu finden. Den zweiten Rang mag die Tulpe einnehmen, jene dem Orient entstammende Blume, die in der zweiten Hälfte des 16. Jahrhunderts in Augsburg zum erstenmal blühte und die daraufhin einen großen Siegeszug antrat, auf welchem sie schließlich auch in die Bauerngärten kam. Wohl schon zuvor wurde sie eine Lieblingsblume der Volkskunst, zumal sie sehr alte Sinnbildformen in sich aufnehmen konnte und sich geschlossen wie geöffnet für flächenhaft ornamentale Darstellung gut eignete. Noch mehr ist letzteres bei sternförmigen Blüten der Fall, die denn auch auftreten, wenn auch nicht so häufig wie Rose und Tulpe. Wichtiger als die Einzelblume — es wären von solchen beispielsweise noch Nelke oder Glockenblume zu nennen — ist der Strauß im Gefäß, die Blumenvase. In der altbayerischen Möbelmalerei beispielsweise taucht sie, vom Bürgermöbel der Renaissance herkommend, im frühen 17. Jahrhundert auf[12]. Sie wird bis zum Ende beibehalten. Und zwar ist das nicht nur im bayerischen Raum, sondern im ganzen Gebiet der deutschen Möbelmalerei der Fall. Der Wille der Volkskunst zur Beharrung zeigt sich darin aufs deutlichste. Die außerordentliche Verbreitung und Beliebtheit dieses Motivs legt aber die Frage nahe, ob nicht eine starke Sinnbildkraft dahinter steht, und so hat man denn auch die Blumenvase als Lebensbaum angesprochen. Im allgemeinen werden aber durch die Malerei in geringerem Maße als durch die Schnitzerei oder nur in verdeckter Form alte Volkssinnbilder überliefert, und die große Beliebtheit der Blumenvase kann wenigstens zum Teil schon aus ihren günstigen ornamentalen Voraussetzungen erklärt werden. Sie läßt sich nämlich gleichgewichtig aufbauen und enthält zugleich ein hohes Maß von Wandelbarkeit und Fügsamkeit. Man kann sie ebenso leicht in quadratische, breitgelagerte, wie in schmal-hohe Felder hineinpassen. Und so sehen wir sie denn in allen Formen und Stufen von einer fast nüchternen, starren oder stilisierten Art bis zu einem für die Volkskunst weitgehenden Naturalismus, der freilich bei näherem Zusehen noch lange keiner ist. Namentlich im Alpengebiet macht sich bei der Tiefe und Fülle barocken Einflusses naturnähere Art geltend; so wird bei einer Schranktürfüllung von 1777 aus dem Zillertal im Tiroler Volkskunstmuseum in Innsbruck die Vase zu einem Stilleben, zu einer Schale mit Früchten, auf der ein Stieglitz sitzt. Das Tier gehört ja ebenfalls zu jenem Kreis von Darstellungen, der neben seinem Schmuckcharakter auch symbolhafte Bedeutungsinhalte besitzen kann, wie zum Beispiel die paarigen Vögel auf einem Obermünkheimer Schrank mit bäuerlichem Liebespaar zeigen. Die ganze Spannweite der Darstellungswelt des Volksmenschen, die ganze Intensität volkskünstlerischen Ausdrucksvermögens lassen sich ermessen, wenn man etwa die glänzend beobachteten, doch schwungvoll gesteigerten Steinböcke und Vögel aus dem Alpbachtal, die naiv-liebevoll gezeichneten Hunde des J. M. Rössler oder die Märchenvögel des Tölzer Bettes um 1820 aus dem Bayerischen Nationalmuseum nebeneinander betrachtet.

Weitere wichtige Motive der Möbelmalerei gehen nun stärker ins Bildmäßige: wir nennen zunächst das Architekturstück im Sinne des Einzelbauwerkes, wie der Torturm auf der Sockeltruhe um 1600 in Wasserburg am Inn, oder der vieltürmigen, perspektivischen Stadtsilhouette, wie auf dem Tölzer Himmelbett von 1655 im Bayerischen Nationalmuseum, München. In der bayerisch-tirolischen Alpenlandschaft wird es im 17. und 18. Jahrhundert besonders bedeutsam. Es entspringt hier der bürgerlichen, aus Italien stammenden Intarsiaübung und wird durch Holzschnitte verbreitet; die Volkskunst verarbeitet es aber rasch in ihrem Sinne und bringt mitunter sogar moscheeartige Stilisierungen hervor, die den Trägern solchen Bildwerks den Beinamen »Türkenmöbel« eingebracht haben. In Wirklichkeit ist hier die Typen und Bildformeln prägende, umschaffende und bewahrende Kraft des Volkes am Werke[12]. Aber auch in anderen Gegenden und in anderen Formen lebt das Baubild, manchmal zur Landschaft erweitert, so in einer niederbayerischen Möbelgruppe, die zuweilen ganz bestimmte Örtlichkeiten darstellt und die mit dem ja einst bayerischen Innviertel in Verbindung steht.

Auch hier wieder sind die vielfältigen Möglichkeiten in der volkhaften Ausdrucksweise zu beobachten, die von einer recht naturalistischen Haltung bis zur fast ornamentalen Abstraktion reicht. Steht das Straßenbildchen im Sockel des Schwarzwaldschrankes von 1832 im Augustinermuseum in Freiburg/Br. mit der naiven Unmittelbarkeit eines Spielzeugdorfes da, so eignet den Rokoko-Veduten des badischen Schrankes aus dem späten 18. Jahrhundert im Badischen Landesmuseum in Karlsruhe — zumal in ihrem schimmernden Blauton — etwas Unwirklich-Märchenhaftes. Eine Truhengruppe, die sich in Nordfranken, Thüringen und dem Rheinland findet und die vielleicht in Thüringen beheimatet ist, weist wiederum Architekturgruppierungen von stark stilisierendem, sinnbildhaftem Charakter auf. Nehmen wir noch schlesische Beispiele hinzu, so kann man feststellen, daß Art und wohl auch Herkunft des Baubildes verschiedenartig sind, daß aber sehr allgemein der Drang nach naturferner, zeichenhafter Gestaltung existiert. Jedenfalls steht auch hier ein alter Sinn und eine alte Übung im Hintergrund, worauf Konrad Hahm[21] hingewiesen hat. Vom Architekturstück ist nur noch ein Schritt zur figürlich-szenischen Darstellung, die zu Ende des 18. und im frühen 19. Jahrhundert im Zusammenhang mit dem Zeitstil vor allem im Alpen- und Voralpenland ihre schönste Blüte erlebt. Religiöse Themen, in der Konzentration auf die einzelne Heiligengestalt, aber auch in der Erzählung einer Szene, wie sie dem gläubigen Volkskünstler aus dem Schatz seiner traditionsbestimmten religiösen Bildvorstellungen vertraut sind, oder wie sie ihm als Anregung aus seiner Umwelt, aus den Gemälden in den Kirchen ebenso wie aus der graphischen Vorlagenproduktion seiner Zeit zugewachsen sind, stehen neben weltlichen Themen verschiedenster Art. Immer finden wir hier den Menschen im Mittelpunkt, wiedergegeben beispielsweise in Art des bürgerlichen Porträts. Beliebter aber sind Standesdarstellungen, Bauern oder Gärtner. Aber auch das Soldatenmotiv fehlt in der Möbelmalerei nicht; namentlich in Oberösterreich ist es sehr häufig anzutreffen, wo es dann in der Gestalt des Reiters (es handelt sich dabei um aufgeklebte, kolorierte Stiche u. U. fürstlicher Personen) einen bestimmten örtlichen Möbeltypus geradezu geprägt. Selbst Truhen aus dem deutschen Siedlergebiet in Pennsylvania, USA, die Heimisches in der Fremde zugleich bewahren und umbilden, zeigen noch diesen Bildtypus.

Eine ganz besondere Aussagekraft eignet jedoch den Genreszenen aus dem Volksleben, wie der großen Winterlandschaft oder der Ernterast von einem Jahreszeitenschrank aus Lenggries von 1845 im Heimatmuseum Bad Tölz, oder den köstlichen Bildern vom Bett des Johann Nepomuk Pichler, 1778, im Bayerischen Nationalmuseum München, die Hochzeitsmahl und Hochzeitstanz wiedergeben. Ein schönes Gegenstück hierzu bilden die Darstellungen des Schrankes aus dem Museum Bulle (Kanton Freiburg), der ostschweizerischer Herkunft ist und eine Schreinerwerkstatt (Anfertigen und Bemalen eines Schrankes) sowie eine Gesellschaft beim Kartenspiel vorführt. Sinnbildlichkeit und Typik kommen mit dem Augenblick wieder stärker hervor, wo der Zeiteinfluß, der die Grenreszene begünstigt hatte, zurücktritt. Dies ist bereits wahrzunehmen bei der prachtvollen Bäuerin des Feuchtwanger Museums auf einer Schranktür des frühen 19. Jahrhunderts von Johann Michael Rössler, die von Blumen begleitet ist, ein Motiv, das in der Volkskunst auch sonst bei Einzelfiguren vorkommt und bemerkenswerterweise bereits im Mittelalter begegnet; aus der unverbindlichen Lieblichkeit der gotischen Gestalt aber ist hier Monumentalität geworden. Schimmelreiter oder Hahnreiter sind nun schon in den Bereich des Brauchhaft-Volksmäßigen eingetreten, und der bereits erwähnte Odenwälder Schrank von 1830 im Badischen Landesmuseum zu Karlsruhe führt diese Linie zu Ende. Er hat, wie auch sonst in Franken durchweg üblich, das Genremäßige völlig abgestreift; die Figuren , darunter Vögel mit Menschenköpfen, einzeln, gerahmt, sind wie aus der mythischen Welt emporgestiegen und ruhen streng in sich. Im Werk einer ganzen Familie von bäuerlichen Schreiner-Malern erreicht hier Volkskunst einen Höhepunkt. Seit der Mitte des 18. Jahrhunderts ist, wie die Untersuchungen von Max Walter[91] ergaben, die Möbelmalerei im hinteren Odenwald getragen ausschließlich von den zahlreichen Mitgliedern der Familie Baier in Limbach und Mudau, deren begabtestes und eigenwilligstes Franz Baier (1795—1861), der Künstler des Karlsruher Schrankes von 1830, war. Zwischen 1830 und 1845 hat dieser merkwürdige Mann seine eigene Handschrift gefunden: auf rotbraunem Grund zahlreiche Felder, die das Möbel in seinem Bestand völlig zerlegen und diese dann gefüllt mit einem festen Repertoire von Motiven: Mann und Frau, einzeln und im Tanz, die Krone und eben jener Vogel mit dem Menschenkopf. Unbekümmert um künstlerische Wirkung fügt er die Dinge aus einer inneren Gesetzlichkeit mit der naiven Lust des Kindes an Farbe und Gestalt. Daß er diese Lust aber in symbolhafter Kürze zu fassen vermag, zeigt sein Wesen, ruhend in der Gebundenheit der jahrhundertealten, gelebten Überlieferung. An seiner Existenz aber wird deutlich, wie sehr doch die Volkskunst, selbst in ihren innersten Bereichen nicht Kunst einer anonymen Gruppe oder gar der Masse, sondern Werk einer individuellen Persönlichkeit ist. Bleibt also die Einzelfigur mehr fränkische Eigenart, so erreicht das Genremäßig-Szenische seinen Höhepunkt im Alpenraum. Wir möchten das an dem Beispiel des schon erwähnten Schlierseer Bettes von 1778 im Bayerischen Nationalmuseum München zu zeigen versuchen. Es ist das Werk des Johann Nepomuk Pichler, der einen besonderen Typus des Volkskünstlers jener Zeit und Landschaft darstellt. Torsten Gebhard hat sich eingehend mit ihm befaßt[12].

Während sonst die Schreiner meist selbst die farbige Gestaltung ihrer Möbel besorgten, ist er Malerspezialist, der auch Votivbilder (wir kennen ein signiertes von ihm in Fischhausen am Schliersee) und ähnliches ausführt. Er findet nun den feinsten Ausgleich zwischen den Mitteln des Rokokostils, aus denen er Nutzen zieht, und zwischen der stärkeren Gebundenheit der übrigen Volkskunst. Er handelt mehr mit dem Pinsel und denkt mehr aus der Farbe heraus, als es in der konturliebenden Volksmalerei sonst der Fall zu sein pflegt. So entstehen in Frische und Sicherheit knappe, raumklare Szenerien, in denen die preziösen Figürchen agieren. Diese Wesenhaftigkeit erinnert an das Volkslied oder an bestes Volkstheater, von welch letzterem manche Anregung gewonnen zu sein scheint. Schlägt hier das Pendel weit nach der Seite der bürgerlichen Kunst aus, so findet sich anderweitig und vor allem mit dem Fortschreiten ins 19. Jahrhundert auch bei der Genremalerei wieder ein Gestalten in gegensätzlicher Richtung, das stärker als bei Pichler ins Zeitlose geht. Mag dem letzteren eine Bettseitenwand aus dem frühen 19. Jahrhundert aus dem Museum Erding, die, breitflächig hingestrichen, voll tragischen Humors ist, noch näher stehen, so sind die Szenen des Lambacher Bettes von 1781 trotz früheren Entstehens schon stark in das dekorative Gesamtsystem einbezogen. Es ist jedoch hier nicht die letzte Möglichkeit dieser Art erreicht. Reinste Volkskunst entsteht schließlich in Tölz in Zusammenhang mit der schon genannten Rosenmalerei; das Fußbrett einer Himmelbettstatt im Tölzer Museum bietet hierfür beste Zeugenschaft. Es sind dort die Reiterheiligen dargestellt, ganz verwoben in eine ornamentale, naturferne Landschaft mit Bäumen, Wolken und Tieren, in der alle Kreatur eins geworden ist. Wenn wir nun von hier zurückblicken auf die wesentlich früheren, aus der Stilkunst mit köstlicher Naivität ins Volkstümliche übersetzten Wandbilder eines Bauernhauses in Tyrlbrunn (Rupertiwinkel/Ostoberbayern), die Heiligen Georg, Florian und Sebastian, eingefangen im dichten Gewebe von Ranken und Blumen — so läßt uns dies die Erkenntnis gewinnen, daß solche auf Möbel gemalte Schilderungen nicht isoliert stehen; vielmehr leben sie aus alten Traditionen, sie sind in Wahrheit Teile einer Welt von volkstümlichen Selbstdarstellungen, die auf Mirakeltafeln und Votivbildern, in Stickerei und Plastik vom Volk Zeugnis geben.

Soviel Einzelzüge der bemalten Möbel wir nun verfolgt haben, aus dem Zusammensetzen derselben entsteht noch keineswegs das ganze Bild; noch fehlt das Künstlerische, das immer eine Einheit ist. Über das Erklären hinaus muß es erfühlt werden, auch wenn es »nur« an einem einfachen Bauernschrank erscheint. Menschentum in den alten Ordnungen von Sitte und Brauch, Erlebtes und Erfahrenes, soziale und künstlerische Kräfte vereinigen sich zum echten Werk.

Frühzeit und Entwicklung

1 Ausschnitt aus einem bemalten Minnekästchen, süddeutsch, spätes 14. Jahrhundert.
Regensburg, St. Emmeram

2 Stollenschrank, Klingenberg/Sachsen, spätgotisch. Sakristeischrank. Schwarze Schablonierung auf Blankholz.
Dresden, Staatliches Museum für Volkskunst

3 Stollentruhe, Gegend Wasserburg-Inn/Lkr. Rosenheim/Oberbayern, spätgotisch. Dekor graviert und schwarz und rot gefärbt. Wasserburg-Inn, Heimatmuseum

4 Wandhängekästchen, Bruneck/Südtirol/Italien, 17. Jahrhundert. Schwarze Schablonenmalerei auf Blankholz. Wien, Österreichisches Museum für Volkskunde

5 Stollentruhe, Rhön, 1771. Mehltruhe. Gravierter Dekor, dazu Malerei in Schwarz auf Blankholz.
Kassel, Staatliche Kunstsammlungen

6 Sitztruhe (»Sidel«) mit schwenkbarer Lehne, Raum Prambachkirchen/Bez. Eferding/Oberösterreich, 1. Viertel 18. Jahrhundert. Zimmermannsmalerei in Grün, Hellbraun und Weiß auf Blankholz.
Linz, Oberösterreichisches Landesmuseum

7 Ausschnitt: Rechte Türe aus Schrank, Rettenbach/Lkr. Neuburg-Schrobenhausen/Oberbayern, 1595. Sakristeischrank. Malerei in Schwarz auf Blankholz.
Schrobenhausen, Heimatmuseum ►

8, 9 Ausschnitte: Stubenmalerei eines Bauernhauses, Tyrlbrunn / Gem. Freutmoos / Lkr. Traunstein/Oberbayern, 17. Jahrhundert. Vorwiegend Rot, Gelb, Blau auf gekalkter Holzwand.
Glentleiten/Großweil bei Murnau/Lkr. Garmisch-Partenkirchen/Oberbayern, Freilicht-Museum

10 Truhenschrank, Isarwinkel/Oberbayern, 1657. Malerei in Blau und Weiß auf Blankholz.
Bad Tölz/Lkr. Bad Tölz-Wolfratshausen/Oberbayern, Heimatmuseum

11 Sockeltruhe, Gegend Wasserburg-Inn/Lkr. Rosenheim/Oberbayern, gegen 1600. Malerei in Schwarz und Rot auf Blankholz, die vier Rundornamente eingelegt.
Wasserburg-Inn, Heimatmuseum

12 Truhenschrank, Gegend Wasserburg-Inn/Lkr. Rosenheim/Oberbayern, 1637. Schablonenmalerei in Schwarz und Rot auf Blankholz.
Wasserburg-Inn, Heimatmuseum

13 Truhe, Künzelsau am Kocher/Hohenlohekreis/ Baden-Württemberg, 1671. Schablonenmalerei in Schwarz auf Blankholz.
Stuttgart, Württembergisches Landesmuseum

14 Sockeltruhe, Gegend Wasserburg-Inn/Lkr. Rosenheim/Oberbayern, gegen 1600. Malerei, teilweise schabloniert, in Schwarz und Rot auf Blankholz, die vier Rundornamente gemalt (Ausschnitt s. Abb. 16).
Wasserburg-Inn, Heimatmuseum

15 Emporenfelder, 1577. Malerei in Schwarz, Rot und Grün auf weißem Grund.
Glonnbercha/Gem. Kollbach/Lkr. Dachau/Oberbayern, Kirche

16 Ausschnitt: Arkadenfeld aus Sockeltruhe Abb. 14.

17 Truhe, Waldstadt/Kt. Appenzell-Ausserrhoden/ Schweiz, 1705. Schablonenmalerei in Schwarz auf Blankholz.
Appenzell — Zürich, Slg. Bruno Bischofberger

18 Truhe, Alpbachtal/Tirol/Österreich, 1664. Malerei in Schwarz und Rot auf braungefirnistem Holz — erste Stilstufe der alpbachtaler Möbelkunst.
Innsbruck, Tiroler Volkskunstmuseum

19 Sockelschrank, Gegend Wasserburg-Inn (?) / Lkr. Rosenheim/Oberbayern, bezeichnet 1639 (?). Wasserburg-Inn, Heimatmuseum

▶
20 Truhenschrank, Tölz/ Lkr. Bad Tölz-Wolfratshausen/Oberbayern, 1690. Bad Tölz, Heimatmuseum

Altbayern: Oberbayern, Niederbayern und Oberpfalz

21 Himmelbett, Tölz/Lkr. Bad Tölz-Wolfratshausen/
Oberbayern, 1655.
München, Bayerisches Nationalmuseum

22 Kommode, südliches Oberbayern, um 1800;
Privatbesitz ▶

23 Himmelbett, Gegend Wasserburg-Inn/Lkr. Rosenheim/Oberbayern, 1795.
Wasserburg-Inn, Heimatmuseum

24 Schüsselrahmen, Tölz/Lkr. Bad Tölz-Wolfratshausen/Oberbayern, 1838.
Bad Tölz, Heimatmuseum

25 Truhe, südliches Oberbayern, 1613. Malerei in Schwarz und Rot auf Blankholz.
Landshut/Niederbayern, Stadt- und Kreismuseum

26 Ausschnitt: Bettvorderwand aus Abb. 27.

27 Himmelbett, wohl Leitzachtal/Lkr. Miesbach/Oberbayern, 1753 (Ausschnitt s. Abb. 26). Schliersee/Lkr. Miesbach/Oberbayern, Heimatmuseum

28 Schrank, Bayerisches oberes Inntal (Werkstatt Perthaler ?), 1779. Grund braun, Malerei in Weiß, Rot, Grün, Schwarz, Türen innen rot mit silberfarbener Beschläge-Imitation.
Wasserburg-Inn/Oberbayern, Heimatmuseum
◀

29 Schrank, Tölz/Lkr. Bad Tölz-Wolfratshausen/Oberbayern, 1835.
Landshut/Niederbayern, Stadt- und Kreismuseum

30 Schrank, Mangfalltal/Oberbayern, 1813 (Detail s. Abb. 335)
München, Bayerisches Nationalmuseum

31 Schrank, Aibling/Lkr. Rosenheim/Oberbayern, 1833.
München, Bayerisches Nationalmuseum

A
S
1. 8.
Z. 1.

32 Schrank, Tölz/Lkr. Bad Tölz-Wolfratshausen/ Oberbayern, 1821.
Bad Tölz, Heimatmuseum
◄

33 Schrank, Obstätt/Lkr. Ebersberg/Oberbayern, 1848. Grund gelb-orange-grüne Marmorierung, Schnitzereien bunt gefaßt und vergoldet.
Wasserburg-Inn/Lkr. Rosenheim/Oberbayern, Heimatmuseum

34 Schrank, Obstätt/Lkr. Ebersberg/Oberbayern, 1845. Grund rot-grüne Marmorierung, Schnitzereien farbig gefaßt und vergoldet.
München, Münchner Stadtmuseum

35 Ausschnitt: Linkes unteres Türfeld aus Schrank Abb. 36.

36 Schrank, Michael Böheim, Leitzachtal/Lkr. Miesbach/Oberbayern, 1801 (Ausschnitte s. Abb. 35, 37 und 355).
Schliersee/Lkr. Miesbach/Oberbayern, Heimatmuseum

37 Ausschnitt: Linkes oberes Türfeld aus Schrank Abb. 36, jugendlicher Jesus Salvator. ►

38 Stube, Banklehne und Wandschranktüren mit Malerei, Gegend Schliersee/Lkr. Miesbach/Oberbayern, um 1800.
Schliersee, Heimatmuseum
◄

39 Schrank, Johann Böheim, Leitzachtal-Aibling/Lkr. Rosenheim/Oberbayern, 1778. Allegorische Darstellung der Jahreszeiten.
München, Bayerisches Nationalmuseum

40 Schrank, Johann Böheim, Leitzachtal-Aibling/Lkr. Rosenheim/Oberbayern, 1786. Ehemals zur Ausstattung des Jodlbauernhofes in Hagnberg/Gem. Fischbachau/Lkr. Miesbach/Oberbayern, gehörend. Allegorische Darstellung der Jahreszeiten.
Privatbesitz

41 Stuhllehnen aus Oberbayern und Österreich, 1. Hälfte 19. Jahrhundert.
München, Bayerisches Nationalmuseum

42 Truhe, südliches Oberbayern, 1653.
Tegernsee/Lkr. Miesbach/Oberbayern, Heimatmuseum

43 Runde (Brautschachtel) und längliche Spanschachteln, Berchtesgaden/Oberbayern, 17. und 19. Jahrhundert. Brauttrüherl mit bürgerlicher Wismutmalerei, 16. bis 17. Jahrhundert.
München, Bayerisches Nationalmuseum

44 Truhe, südliches Oberbayern, 1790.
Ruhpolding/Lkr. Traunstein/Oberbayern, Heimatmuseum

45 Schrank, Anton Perthaler, Degerndorf-Inn/Lkr. Rosenheim/Oberbayern, 1788. Biblische Szenen: Gang nach Emmaus, Auszahlung der Arbeiter im Weinberg, Rebecca am Brunnen, die ährenlesende Ruth (Ausschnitt s. Abb. 297).
München, Bayerisches Nationalmuseum

46 Tragekästen für Handwerkszeug, Gegend Wasserburg-Inn/Lkr. Rosenheim/Oberbayern, frühes 19. Jahrhundert. In blauen und braunen, weißen und roten Tönen gehalten.
Wasserburg-Inn, Heimatmuseum

47 Lade, Wasserburg-Inn/Lkr. Rosenheim/Oberbayern, 1772. Bruderschaftslade der »Sanct Nicolay Bruedterschafft« der Innschiffer. Grund blau, dazu Rot, Weiß und Gelb.
Wasserburg-Inn, Heimatmuseum

48 Himmelbett mit Einsteigtruhe, Mangfalltal/Lkr. Miesbach/Oberbayern, 1808. Zurückhaltende Malerei auf blauem Grund.
Schliersee/Lkr. Miesbach/Oberbayern, Heimatmuseum

49 Ausschnitt: Fußbrett aus Himmelbett Abb. 50.

50 Himmelbett mit Einsteigtruhe, Gegend Miesbach/Oberbayern, Ende 18. Jahrhundert (Ausschnitt s. Abb. 49).
Schliersee/Lkr. Miesbach/Oberbayern, Heimatmuseum

51 Himmelbett, Johann Nepomuk Pichler, Schliersee/Lkr. Miesbach/Oberbayern, 1778. Dargestellt die Entlassung Mariä in die Ehe, Salzburger Jesuskind. Grund leuchtend blau mit rot-weißer tapetenartigen Musterung, Szenenmalerei starkfarbig (vgl. auch Abb. 298).
München, Bayerisches Nationalmuseum ▶

52

52 Schrank, Johann Nepomuk Pichler, Schliersee/Lkr. Miesbach/Oberbayern, 1786. Leuchtende Buntfarbigkeit auf starkblauem Grund. Unter dem Volutengiebel Hinterglasbild eingesetzt (Ausschnitte s. Abb. 53–56).
Schliersee, Heimatmuseum

53 Ausschnitt: Linkes oberes Türfeld aus Schrank Abb. 52, Jesus als guter Hirte.

53

54 ▼

55 Ausschnitt: Oberes Feld der linken Schräge aus Schrank Abb. 52.

56 Ausschnitt: Unteres rechtes Türfeld aus Schrank Abb. 52. ▶

◀
54 Ausschnitt: Rechtes oberes Türfeld aus Schrank Abb. 52, Tierfries. Ausgeschnittener und übermalter Kupferstich.

57 Ausschnitt aus dem Fußbrett eines Bettes, Gegend Landau-Isar / Lkr. Dingolfing-Landau / Niederbayern, 1837.
Landshut/Niederbayern, Stadt- und Kreismuseum

58 Schrank, Gegend Landau-Isar/Lkr. Dingolfing-Landau/Niederbayern, 1827.
Landshut/Niederbayern, Stadt- und Kreismuseum

59 Ausschnitt: Unteres Türfeld eines Schrankes, Gegend Landau-Isar/Lkr. Dingolfing-Landau/Niederbayern, 1837.
Landshut/Niederbayern, Stadt- und Kreismuseum

60 Ausschnitt: Malerei der Schranktüren aus Abb. 61.
◄

61 Schrank, nördliches Rottal-Bayerischer Wald/Niederbayern, 1798. Grund braun, Türmalerei in Weiß und Rot auf blauem Grund (Ausschnitt s. Abb. 60). Privatbesitz

62 Schrank, Bayerischer Wald — Gegend Zwiesel/Lkr. Regen/Niederbayern, 1821. Eintürig, von altartiger Stollenkonstruktion. Malerei auf schwarz-dunkelgrünem Grund.
Privatbesitz

63 Ausschnitt: Rechtes oberes Türfeld aus Schrank Abb. 70.

64 Ausschnitt: Mittelfeld mit Darstellung der Verkündigung Mariä aus Truhe Abb. 73.

65 Ausschnitt: Unteres Türfeld aus Schrank Abb. 72.

66 Ausschnitt: Türfeld eines viertürigen Schrankes, unterer Bayerischer Wald/Niederbayern, gemalte Jahreszahl 1770, eingeritzte Jahreszahl 1732. Farben: Grün, Hellbraun und Rot. Privatbesitz

67 Ausschnitt: Feld aus einer Truhe, Gegend Bernried/Lkr. Deggendorf/Niederbayern, 1. Drittel 19. Jahrhundert. Privatbesitz

68 Ausschnitt: Türfeld eines Schrankes, unterer Bayerischer Wald/Niederbayern, 1805. Rot und Grün auf hellem Grund. Privatbesitz ▶

69 Schrank, Gegend Landau-Isar/Lkr. Dingolfing-Landau/Niederbayern, um 1810. Grund braun, dazu Schwarz, Weiß, Rot, Grünlich sowie Vergoldung (s. auch Abb. 71).
Landau-Isar, Heimatmuseum

70 Schrank, unterer Bayerischer Wald/Niederbayern, 1828 (Ausschnitt s. Abb. 63).
Privatbesitz

71 Kommode, Gegend Landau-Isar/Lkr. Dingolfing-Landau/Niederbayern, um 1810. Bildet zusammen mit Abb. 69 und einem Himmelbett eine Schlafzimmerausstattung.
Landau-Isar, Heimatmuseum

72 Schrank, unterer Bayerischer Wald/Niederbayern, 1820. Eintürig, von altartiger Stollenkonstruktion (Ausschnitt s. Abb. 65).
München, Sgl. Hesse

73 Truhe, nördliches Innviertel/Oberösterreich, 1805. Feldgrund türkisgrün mit Rot und Grün (Ausschnitt s. Abb. 64). In den Sockelfeldern Passauer Wappentier, der Wolf mit der Klinge (?).
Privatbesitz

74 Schrank, Gegend Bodenmais-Viechtach/Lkr. Regen/Niederbayern, um 1820. Grund blau, Felder Hellblau mit Rosa und Grün.
Privatbesitz

75 Ausschnitt: Oberes Feld einer Schranktüre, Werkstatt Weinzierl, Deggendorf/Niederbayern, 1818. Darstellung der sog. »Anna Selbdritt«, Mutter Anna mit Maria und Jesusknaben (Gnadenbild vom Oberkreuzberg ?).
Privatbesitz

76 Kastenbett, Gegend Ortenburg/Lkr. Passau/Niederbayern, um 1800.
Passau/Niederbayern, Oberhausmuseum

77 Schrank, Gegend Neumarkt/Oberpfalz, 1813.
Neumarkt, Stadtmuseum

78 Truhe, Oberpfalz, 1736. Seitstollentruhe, Malerei in Dunkelbraun auf Blankholz.
Perschen/Lkr. Schwandorf/Oberpfalz, Oberpfälzisches Bauernmuseum

79 Kinderbett, westliche Oberpfalz, 1. Hälfte 19. Jahrhundert.
Neumarkt/Oberpfalz, Stadtmuseum

80 Schrank, Gegend Neidstein/Lkr. Amberg-Sulzbach/Oberpfalz, 1796.
Privatbesitz

81 Schrank, Gegend Sulzbürg/Lkr. Neumarkt/Oberpfalz, spätes 18. Jahrhundert.
Privatbesitz

82 Ausschnitt: Oberes Türfeld aus Schrank Abb. 83.

83 Schrank, Gegend Tirschenreuth/Oberpfalz, Mitte 19. Jahrhundert.
Perschen/Lkr. Schwandorf/Oberpfalz, Oberpfälzisches Bauernmuseum

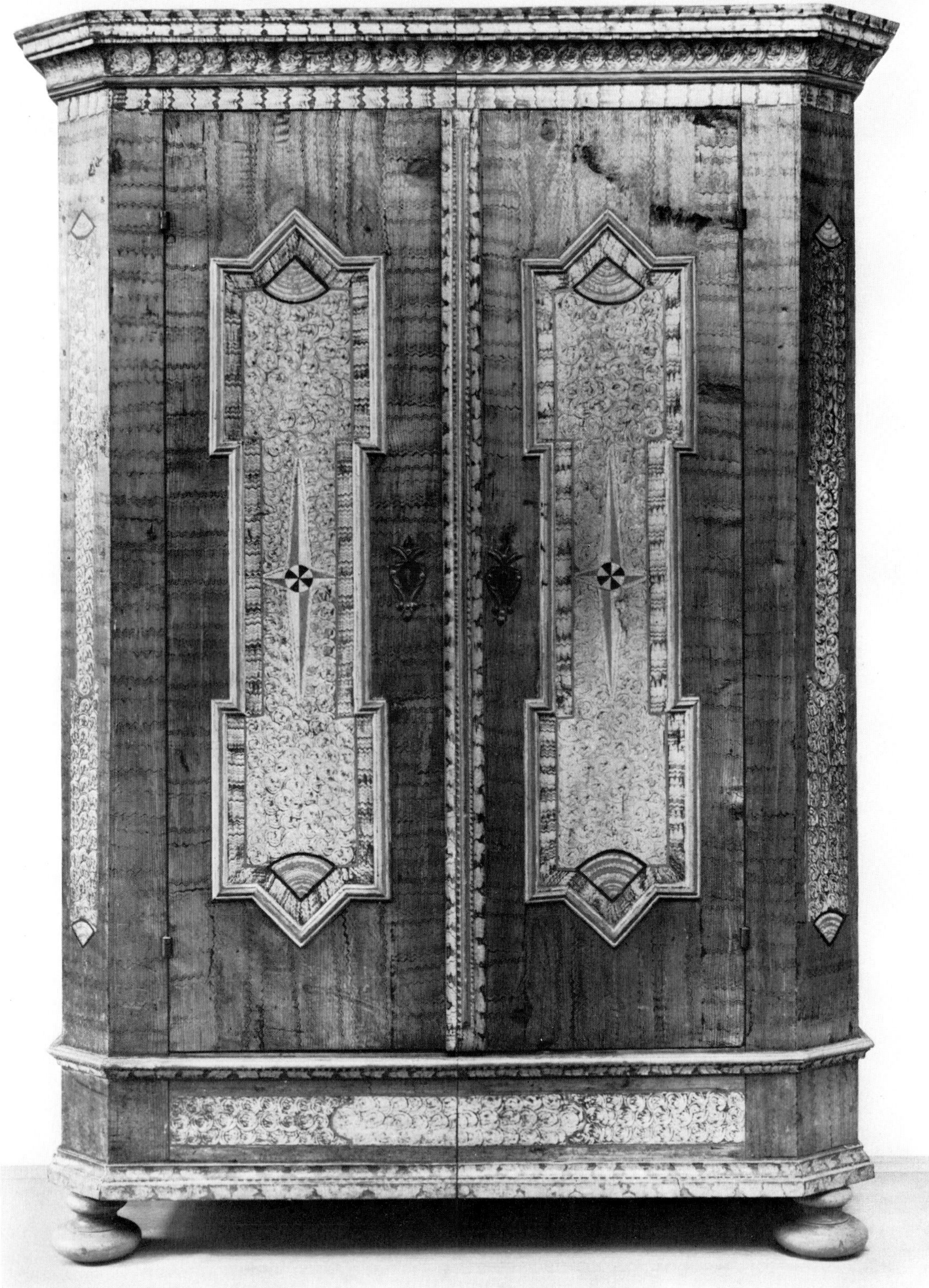

84 Ausschnitt: Oberes Türfeld aus Schrank Abb. 85.

85 Schrank, Oberpfalz, 1820. Grund blau, Felder grün.
Perschen/Lkr. Schwandorf/Oberpfalz, Oberpfälzisches Bauernmuseum

86 Schubladenschrank, Almer (»Pfalter«), Gegend Auerbach/Lkr. Amberg-Sulzbach/Oberpfalz, 1. Hälfte 19. Jahrhundert.
Perschen/Lkr. Schwandorf/Oberpfalz, Oberpfälzisches Bauernmuseum

87 Schrank, Gegend Sulzbach-Rosenfeld/Lkr. Amberg-Sulzbach/Oberpfalz, 1807.
Privatbesitz

88 Schrank, Gegend Kallmünz/Lkr. Regensburg/Oberpfalz, 2. Hälfte 18. Jahrhundert.
Kallmünz, Rathaus

89 Schrank, Gegend Eschenfelden/Lkr. Amberg-Sulzbach/Oberpfalz, 1846.
Privatbesitz

Bayerisch - Schwaben und Baden - Württemberg

91 Ausschnitt: Feld einer Truhe, mittlerer Lechrain/Schwaben, 1846.
Friedberg/Lkr. Aichach-Friedberg/Schwaben, Heimatmuseum

◀
90 Schrank, Mittelschwaben, 1778.
Ottobeuren/Lkr. Unterallgäu/Schwaben, Benediktinerabtei Ottobeuren

92 Schrank, Oberschwaben, 1818.
Verschollen

93 Ausschnitt: Feld einer Truhe, Gegend Günzburg/Schwaben, 1779.
Privatbesitz

94 Ausschnitt: Obere Türfüllung, wohl Franz Xaver Bernhard, Eggenthal/Lkr. Ostallgäu/Schwaben, 1758. Paramentenschrank aus der Friedhofskirche in Eggenthal. Reiche Farbigkeit auf blauem Grund, dazu Gold.
Kaufbeuren/Schwaben, Heimatmuseum ▶

95 Schrank, Aufkirch/Lkr. Ostallgäu/Schwaben, 1784. Malerei in Gelb auf hellgrünem Grund, Türfelder vielfarbig.
Kaufbeuren/Schwaben, Heimatmuseum

96 Schrank, Oberschwaben(?), 2. Hälfte 18. Jahrhundert. Grund blaugrün, ebenso Feldergrund; Bilder in Rot, Dunkelgrün, Weiß, Gelb.
Stuttgart, Württembergisches Landesmuseum

97 Schrank, Oberschwaben, 1798. Grund grün; Ranken rot, weiß, grün; Felder starkfarbig.
Stuttgart, Württembergisches Landesmuseum

98 Schrank, Oberschwaben, 1809. Reich marmorierter Grund in Braun, Gelb, Rot und Grün. Füllungsmalerei in Rot auf Blau (s. auch Abb. 99).
Kaufbeuren/Schwaben, Heimatmuseum

99 Ausschnitt: Rechte obere Tür aus Schrank Abb. 98. ▶

100

101

102 ▼

100, 101 Ausschnitte: Linkes oberes Türfeld bzw. linkes Tür-Mittelstück aus Schrank Abb. 102.

102 Schrank, Kaufbeuren/Schwaben, Ende 18. Jahrhundert. Grund blau, Dekorfelder weißgrundig bzw. blauweiß gestreift, Landschaftsbilder Grisaillen, Sträuße bunt.
Kaufbeuren, Heimatmuseum

103 Halbschrank, Oberschwaben, um 1800. Grund türkis; Feldergrund weiß, rot-weiß-grüne Zeichnung.
Stuttgart, Württembergisches Landesmuseum

104 Schrank, Gegend Günzburg/Schwaben, Ende 18. Jahrhundert. Hauptton graugrün, dazu Graubraun, Rotbraun, Weiß, Gelb und Rot.
Günzburg, Heimatmuseum

103

104 ▼

105 Schrank, Gegend Bidingen/Ostallgäu/Schwaben, um 1770. Grund bräunliche Maser-Imitation, die Intarsien-Imitation des Dekors in Gelb, Schwarz, Braun und Grau.
Kaufbeuren/Schwaben, Heimatmuseum

106 Ausschnitt: Rechte Türe eines Schrankes, Gegend Freudenstadt/Baden-Württemberg, Erstbemalung 1786, teilweise Übermalung 1852.
Stuttgart, Württembergisches Landesmuseum

107 Schrank, J. J. Mössinger (?), Rems-Murrkreis/Baden-Württemberg, 1. Viertel 19. Jahrhundert. Grund türkis; Türfeldgrund weiß, blau-rot-grüne Ranke; Seitenfelder rot-blau-weiß marmoriert.
Stuttgart, Württembergisches Landesmuseum

108 Schrank, Mötzingen / Kreis Böblingen / Baden-Württemberg, 1809. Grund dunkelbraun; Feldergrund weiß, blaue Ranken mit roten Blüten.
Stuttgart, Württembergisches Landesmuseum

109 Fragment einer Schranktüre, Neubulach/Kreis Calw/Baden-Württemberg, 1814. Grund hellgrün mit dunkelgrün-roten Ranken; Schriftband weiß mit rotem Rand; Feld weiß mit grün-rosa Blumenvase.
Stuttgart, Württembergisches Landesmuseum ▶

110 Truhe, Gegend Laupheim/Kreis Biberach/Baden-Württemberg, 1795. Grund hellbraun-weiße Furniermalerei; Felder blaugrün, gelb-grün, rot, weiß bemalt. Stuttgart, Württembergisches Landesmuseum

111 Truhe, J. J. Mössinger (?), Rems-Murrkreis/Baden-Württemberg, 1804. Grund grün, Bemalung in Blau, Grün, Weiß, Rot, Ocker.
Stuttgart, Württembergisches Landesmuseum

112 Truhe, Rieden, Kreis Schwäbisch Hall/Baden-Württemberg, 1818. Seitstollentruhe. Grund hellgrün; Bemalung in Dunkelgrün, Weiß, Rot.
Stuttgart, Württembergisches Landesmuseum

113 Wiege, Oberschwaben, 1. Hälfte 19. Jahrhundert.
Kaufbeuren/Schwaben, Heimatmuseum

114 Datumsuhr, Gegend Furtwangen/Kreis Donaueschingen/Baden-Württemberg, 2. Viertel 19. Jahrhundert.
Schwenningen/Baden-Württemberg, Heimatmuseum

115 Uhr, Schwarzwald/Baden-Württemberg, 1. Hälfte 19. Jahrhundert.
Freiburg/Br., Augustinermuseum

116 Uhr, Schwarzwald/Baden-Württemberg, 1827. Schottenuhr mit Lackschild, traditionelles Hochzeitsgeschenk.
Furtwangen/Kreis Donaueschingen/Baden-Württemberg, Historische Uhrensammlung

117 Uhr, Schwarzwald/Baden-Württemberg, um 1830.
Furtwangen/Kreis Donaueschingen/Baden-Württemberg, Historische Uhrensammlung

118 Uhr, signiert Johanes Strohm W., Schwarzwald (Schwenningen / Schwarzwald-Baarkreis / Baden-Württemberg), 1827.
Stuttgart, Württembergisches Landesmuseum

119 Uhr, Schwarzwald/Baden-Württemberg, 18. Jahrhundert. Mit zwei Zifferblättern zur Anzeige der Stunden und der Viertelstunden.
Furtwangen/Kreis Donaueschingen/Baden-Württemberg, Historische Uhrensammlung

120 Uhr, Schwarzwald/Baden-Württemberg, 19. Jahrhundert. Automatenuhr mit beweglichem Wachsoldaten.
Freiburg/Br., Augustinermuseum

121 Uhr, Schwarzwald/Baden-Württemberg, 1. Hälfte 19. Jahrhundert. Bunter Dekor auf weißem Grund.
Freiburg/Br., Augustinermuseum

117

118

119

120 ▼

121 ▼

122 Schrank, Ostalb/Baden-Württemberg, letztes Viertel 18. Jahrhundert. Grund blau-rot-braun-weiße Furniermalerei; Felder grün-weiß-blau (s. auch Abb. 123). Stuttgart, Württembergisches Landesmuseum

123 Ausschnitt: Obere Türfelder aus Schrank Abb. 122.

Gegenüberliegende Seite:
124 Schrank, Murrhardter Wald/Baden-Württemberg, 1800. Grund rotbraun-rosa Furniermalerei; Feldergrund sandfarben, rot-grün-braune Blumenvase.
Stuttgart, Württembergisches Landesmuseum

125 Schrank, Bubenbach/Kreis Hochschwarzwald/Baden-Württemberg, 1. Drittel 19. Jahrhundert.
Freiburg/Br., Augustinermuseum

126 Schrank, Hohenloher Land/Baden-Württemberg, Anfang 19. Jahrhundert. Grund türkis; Feldergrund grün, Bemalung schwarz, weiß, ocker, rot (Ausschnitt s. Abb. 303).
Stuttgart, Württembergisches Landesmusum

127 Schrank, Aule bei Schluchsee/Kreis Hochschwarzwald/Baden-Württemberg, 1806 bzw. 1831. Die ältere Datierung bezieht sich wohl auf die Entstehung des Möbels, die jüngere auf die Neufassung der Marmorierung.
Freiburg/Br., Augustinermuseum

124

125 ▼

126

127 ▼

128 Oberteil eines Kinderschlittens, Breisgau/Baden-Württemberg, frühes 19. Jahrhundert. Grund blaugrün, dazu Braunrot mit Weiß, Ziegelrot und Olivgrün.
Karlsruhe, Badisches Landesmuseum

129 Spanschachtel (geöffnet), Württembergisch-Franken (?), 1644. Außen: Grundfarbe dunkelgrün mit gelben Blüten und Früchten; innen: blau, weiß, rot, grün, schwarz.
Stuttgart, Württembergisches Landesmuseum

130 Schrank, Gegend Nagold/Kreis Calw/Baden-Württemberg, Anfang 19. Jahrhundert. Grund rotbraune Furniermalerei; Felder weiß mit blaugrünen Ranken und roten Blüten.
Stuttgart, Württembergisches Landesmuseum

131 Aufsatzschrank (»Tresur«), Württembergisch-Franken, 1837. Grund grün, Dekor leicht bunt.
Verschollen

132 Schrank, Hohenlohisch-Franken, 1804. Grund blaugrün, Profile hellrot, Malerei rot und weiß auf hellbraunem Grund.
Würzburg, Mainfränkisches Museum

134 Schrank, Bachheim/Kreis Hochschwarzwald/Baden-Württemberg, Ende 18. Jahrhundert. Grund bräunlich-blau marmoriert, dazu wesentlich Ziegelrot, sowie Weiß und Grau (s. auch Abb. 133).
Karlsruhe, Badisches Landesmuseum

135 Himmelbett, Johann Heinrich Rößler, Untermünkheim/Kreis Schwäbisch Hall/Baden-Württemberg, 1806. Grund blaugrün; Bemalung in Rot, Weiß, Dunkelgrün.
Stuttgart, Württembergisches Landesmuseum

◄
133 Ausschnitt: Linkes oberes Türfeld aus Schrank Abb. 134.

136 Truhe, wohl Johann Michael Rößler, Untermünkheim/Kreis Schwäbisch Hall/Baden-Württemberg, 2. Viertel 19. Jahrhundert. Grund grün; Felder braun, weiß, rot, dunkelgrün, blau.
Stuttgart, Württembergisches Landesmuseum

137 Truhe, Mainhardter Wald/Baden-Württemberg, um 1820/30. Grund grün; Felder hellbraun, blaugrün, dunkelgrün, rot, weiß, schwarzblau.
Stuttgart, Württembergisches Landesmuseum

138 Truhe, J. J. Mössinger (?), Rems-Murrkreis/Baden-Württemberg, 1. Viertel 19. Jahrhundert. Grund grün; Felder weiß, hellgrün, blau, rot.
Stuttgart, Württembergisches Landesmuseum

139 Kästchen, möglicherweise Oberrhein, 2. Hälfte 17. Jahrhundert. Bürgerliche Wismutmalerei.
Karlsruhe, Badisches Landesmuseum

140 Schrank, Hochschwarzwald/Baden-Württemberg, 1832.
Karlsruhe, Badisches Landesmuseum

141 Schranktüren, Oberkessach / Hohenlohekreis/Baden-Württemberg, 1807.
Stuttgart, Württembergisches Landesmuseum

142 Schrank, Hohenlohisch-Franken, 1830. Grund mittelblau; Profile und Kanten hellrot; Türfeldgrund hellrot, darauf rot, weiß, gelb, grau, schwarz.
Würzburg, Mainfränkisches Museum

143 Schrank, Gegend Öhringen / Hohenlohekreis / Baden-Württemberg, um 1800. Grund Furniermalerei in Brauntönen; Felderrahmung weiß mit ziegelrot, Feldergrund dunkelgrün, rot-weiße Blumenvasen.
Stuttgart, Württembergisches Landesmuseum ▶

144 Schrank, Geradstetten bei Waiblingen/Rems-Murrkreis/Baden-Württemberg, 1792. Grund Brauntöne; Türfeldgrund grün mit dunkelgrün-rot-weißer Zeichnung, Flankenfeldergrund hellbraun.
Stuttgart, Württembergisches Landesmuseum

145 Schrank, Hohenlohisch-Franken, 1834. Grund dunkelblau, Felder rot mit weißgehöhtem Rot und Grün, Dunkelblau und Weiß.
Würzburg, Mainfränkisches Museum

146 Schrank, Franz Baier, Unterscheidenthal/Kreis Buchen/Baden-Württemberg, 1830. Grund dunkelzinnoberrot, Feldgrund gelb, Malerei braunrot und dunkelgrün (s. auch Abb. 293, 294).
Karlsruhe, Badisches Landesmuseum
◄

147 Truhe, Hirsau/Kreis Calw/Baden-Württemberg, 1833. Grund ocker-braun-gestreift; Feldergrund hellblau, rot-grün-blau-weiße Zeichnung.
Stuttgart, Württembergisches Landesmuseum

148 Truhe, Hochschwarzwald/Baden-Württemberg, 1803. In hellgrün-blauem Rahmenwerk Feldergründe weiß-blau bzw. rot. Malerei vorwiegend in Weiß, Rot, Dunkelgrün und Gelb.
Freiburg/Br., Augustinermuseum

149 Truhe, Hochschwarzwald, 1804. Seitenfelder und Füllungsrahmen braun-gelb und braun-schwarz maseriert. Vorderseite schmale Felder rot-weiß marmoriert, Profile blau. In den quadratischen Feldern auf weißem Grund grün-braune Bäume mit roten Beeren.
Freiburg/Br., Augustinermuseum

Schweiz

150 Schrank, Kt. Appenzell/Schweiz, 1804.
Zürich, Schweizerisches Landesmuseum

151 Schrank, Ostschweiz, frühes 19. Jahrhundert. Grün mit Rot und Schwarz (vgl. auch Abb. 152).
Bulle/Kt. Freiburg/Schweiz, Musée Gruérien

152 Ausschnitt: Innenseite der Türe des Schrankes Abb. 151. Pharisäer und Zöllner beim Gebet im Tempel, Kartenspieler.

153 Ausschnitt: Türfüllung eines Schrankes, Stein a. Rhein/Kt. Appenzell/Schweiz, 1766.
Zürich, Schweizerisches Landesmuseum ►

151

152 ▼

153

154 Schrank, Stein a. Rhein/Kt. Appenzell/Schweiz, 1745. Hauptfarben Rot, Blau, Grün, dazu Schwarz und Weiß, vor allem als abwechselnde Tönung des Grundes (vgl. auch Abb. 166).
Zürich, Schweizerisches Landesmuseum

155 Truhe, Wald/Kt. Zürich/Schweiz, 18. Jahrhundert.
Zürich, Schweizerisches Landesmuseum

156 Truhe, Bazenheid/Kt. St. Gallen/Schweiz, 1764.
Zürich, Schweizerisches Landesmuseum

154

155 ▼

157 Schrank, Obertoggenburg/Kt. St. Gallen/Schweiz, 1840.
Zürich, Schweizerisches Landesmuseum

158 Schrank, Wildhaus/Kt. St. Gallen/Schweiz, 1786.
Appenzell-Zürich, Slg. Bruno Bischofberger

159 Himmelbett mit Bettkasten, Toggenburg/Kt. St. Gallen/Schweiz, 18. Jahrhundert.
Zürich, Schweizerisches Landesmuseum

160 Himmelbett, Toggenburg/Kt. St. Gallen/Schweiz, 1797 (vgl. auch Abb. 162).
Basel, Schweizerisches Museum für Volkskunde

161 Schrank, Kt. Appenzell/Schweiz, 1781.
Zürich, Schweizerisches Landesmuseum

162 Ausschnitt: Rechtes Feld aus dem Fußbrett des Himmelbettes Abb. 160.

163 Ausschnitt: Türfüllung eines Schrankes, Laupenamt/Kt. Bern/Schweiz, 1764. Privatbesitz

164 Fahreimerbödeli, Conrad Stark, wohl Urnäsch/
Kt. Appenzell-Ausserrhoden/Schweiz, 1821.
Appenzell-Zürich, Slg. Bruno Bischofberger

165 Ausschnitt: Türfüllung eines Schrankes, Kt. Appenzell/Schweiz, 1766.
Zürich, Schweizerisches Landesmuseum

166 Ausschnitt: Linke obere Türfüllung aus Schrank Abb. 154.

167 Schrank, Bartholomäus Lämmler, Kt. Appenzell-Innerrhoden/Schweiz, 1839.
Appenzell-Zürich, Slg. Bruno Bischofberger

168 Ausschnitt: Füllung einer Truhe, Oberaargau/Kt. Bern/Schweiz, 1738. Privatbesitz

169 Ausschnitt: Feld eines Schrankes, unteres Emmental/Kt. Bern/Schweiz, 1735. Privatbesitz

170 Kalenderrahmen, Johannes Müller, Kt. Appenzell-Innerrhoden/Schweiz, 19. Jahrhundert. Dargestellt sind ein Alpaufzug und Gerätschaften des Sennewesens. Grund hellgrün, Blumen bunt. St. Gallen, Slg. Emma Fässler ▶

Alter und Neuer
grosser Staats-Kriegs und Friedens
Appenzeller Calender,
auf das Jahr 1798.
Worinnen nebst dem was zu einem Calender gehörig,
Mathias Sturzenegger, Mathemat.
Trogen gedruckt und zu finden bey
V. R.
V. R.

Österreich

171 Schrank, Raum Tittmonning-Burghausen/Oberbayern, 2. Hälfte 18. Jahrhundert. Auf den beiden Türflügeln ist die Verkündigung Mariä dargestellt; ein sehr verwandtes Stück der Slg. Spiegl im Oberösterreichischen Landesmuseum in Linz/Donau zeigt in gleicher Konzeption die Beichte der Gemahlin König Wenzels IV. von Böhmen vor dem hl. Nepomuk. Grund bräunliche Maserung, Szene in roten und gelben Tönen.
Privatbesitz

172 Himmelbett, Zillertal/Tirol/Österreich, 1685. Auf Blankholz Malerei in Grün, Rot und Schwarz.
Innsbruck, Tiroler Volkskunstmuseum

173 Truhe, Alpbachtal/Tirol/Österreich, 1784. Dritte Stilstufe der alpbacher Möbelmalerei: reiche kleinteilige Farbigkeit in Schwarz, Weiß, Rot und Grün auf bräunlich gefirnistem Holz.
Innsbruck, Tiroler Volkskunstmuseum

174 Ausschnitt: Linkes Türfeld eines Schrankes, Zillertal-Mayrhofen/Tirol/Österreich, 1777. Grund weißlich, in der Zeichnung Rot und Blau vorherrschend. Innsbruck, Tiroler Volkskunstmuseum

175 Schrank, Zillertal-Mayrhofen/Tirol/Österreich, 1822. Grund blau, Marmorierung braun-grau-weißrot, Landschaften blau-braun, Seitenfelder auf weißem Grund mit Rot und Grün, Rocaillen grau. Innsbruck, Tiroler Volkskunstmuseum

176 Kopfbrett eines Bettes, Alpbachtal/Tirol/Österreich, 1773. Leuchtendes Rot, Braun, Schwarz und Grün auf tiefbraun gefirnistem Holz.
Innsbruck, Tiroler Volkskunstmuseum

177 Schränkchen, wohl Schladming/Steiermark/Österreich, 1845, geöffnet. Sog. »Wallfahrerkastl« mit Devotionalien und Wallfahrtsandenken (vgl. auch Abb. 178).
Graz, Steirisches Volkskundemuseum

178 Schränkchen, geschlossen (vgl. Abb. 177). Grund braun, auf hellblauem Feldgrund Blumenvasen in Weiß und Rot mit grünen Blattranken.

179 Kopfbrett eines Bettes, Zillertal/Tirol/Österreich, um 1800.
Innsbruck, Tiroler Volkskunstmuseum

180 Tragschaff mit Deckel, bayerisch-tirolisches Grenzgebiet, 1814. Hochzeitsgeschenk. Gärtner, Bäume veredelnd, darüber in Wolke Dreifaltigkeit und die Patrone Petrus und Christophorus.
München, Bayerisches Nationalmuseum

181 Schrank, Alpbachtal/Tirol/Österreich, 1724.
München, Bayerisches Nationalmuseum

182 Truhe, Zillertal/Tirol/Österreich, 1820.
Innsbruck, Tiroler Volkskunstmuseum

183 Stube, Tannheimer Tal/Tirol, Österreich, 2. Hälfte 18. Jahrhundert. Bemalte Wandvertäfelung. Dargestellt die Anbetung der Könige und das letzte Abendmahl sowie volkstümliche Heilige (vgl. auch Abb. 184).
München, Bayerisches Nationalmuseum

184 Ausschnitt: Vertäfelungsmalerei aus Stube Abb. 183.

185 Schrank, Kematen bei Innsbruck/Tirol/Österreich, 1770.
Innsbruck, Tiroler Volkskunstmuseum

186 Mangelbrett, Graden bei Köflach/Weststeiermark/Österreich, 1864. Oben und unten rosa gefeldert, Mittelteil weiß mit roten, gelben, blauen und weißen Blumen.
Graz, Steirisches Volkskundemuseum

187 Brautschaff, Unterinntal/Tirol/Österreich, 1864. Blauer Grund mit bunten Blumen.
Innsbruck, Tiroler Volkskunstmuseum

188 Brautschaff, Alpbachtal/Tirol/Österreich, wohl noch 18. Jahrhundert. Braunrot und schwarz-weiß.
Innsbruck, Tiroler Volkskunstmuseum

189 Bienenkästen, Obersteiermark/Österreich, 19. Jahrhundert. Dunkelgrün mit roten Rosen.
Schloß Trautenfels/Steiermark/Österreich, Heimatmuseum ▶

190 Sockelschrank, Brandenberger Tal/Tirol/Österreich, 1712. Grund gelblich-braun lasiert, dazu Schwarz, Rot und Weiß.
Innsbruck, Tiroler Volkskunstmuseum

191 Schrank mit Schubladen, Sarntal/Südtirol/Italien, 1803. Grund gelb-braun, Malerei weiß, rot, braun, dunkelgrün, schwarz.
Innsbruck, Tiroler Volkskunstmuseum

192 Schrank, Alpbachtal/Tirol/Österreich, 1773. Dritte Stilstufe der alpbachtaler Möbelmalerei: reiche Farbigkeit in Schwarz, Weiß, Rot und Grün auf bräunlich gefirnistem Holz.
Innsbruck, Tiroler Volkskunstmuseum

193 Bett, Pinzgau/Salzburg/Österreich, 1813. Grund blau, Blumengirlanden in Rot, Weiß, Grün, Landschaften naturalistisch, Schnitzereien vergoldet. Dargestellt am Kopfbrett unter dem Pelikan Muttergottes mit Jesus und Johannesknaben, am Fußbrett das schlafende Jesuskind und die Taufe Christi (vgl. auch Abb. 194, 195).
Salzburg, Salzburger Volkskundemuseum Hellbrunn

194, 195 Ausschnitte: Rechtes Feld mit Landschaft bzw. mittleres Rundmedaillon aus dem Längsbrett des Bettes Abb. 193.

196 Schrank, Zillertal/Tirol/Österreich, 1766.
Privatbesitz

197 Schrank, Gegend Gunskirchen/Oberösterreich, 1793. Wegen des in den Mittelfeldern zweifach dargestellten Gnadenstuhles volkstümlich »Gnadenstuhlkasten« genannt. In den oberen Feldern Maria sowie Jesus als jugendlicher Salvator, unten und seitlich beliebte Volksheilige (vgl. Abb. 307).
Privatbesitz

198 Ausschnitt: Oberes und mittleres Feld aus einer Stubentür (vgl. Abb. Seite 2).

199 Schrank, Gegend St. Florian/Bez. Linz-Land/ Oberösterreich, spätes 18. Jahrhundert. Den in den Feldern applizierten kolorierten Kupferstichen mit Reiterdarstellungen verdankt dieser Schranktypus den volkstümlichen Namen »Reiterkasten«.
Passau /Niederbayern, Oberhausmuseum

200 Ausschnitt: Rechte obere Hälfte eines Schrankes (»Reiterkasten«), St. Florian/ Bez. Linz-Land/Oberösterreich, um 1785.
Linz/Donau, Oberösterreichisches Landesmuseum

201 Truhe, St. Florian/Bez. Linz-Land/Oberösterreich, 1779. Vielteilige Farbigkeit mit leuchtendem Rot, Blau und Braun.
Regensburg, Privatbesitz

202 Ausschnitt: Mittlere Füllung aus Truhe Abb. 203.

203 Truhe, Südtirol/Italien, spätes 18.–19. Jahrhundert. Die Jahreszahl 1708 dürfte bei der Restaurierung der Malerei falsch erneuert worden sein.
Bozen, Stadtmuseum

204 Lehne eines Brettstuhles, Gegend von Wels/Oberösterreich, um 1780. Die Thematik der Malerei deutet auf einen Hochzeitsstuhl: ein tanzendes Ehepaar und zwei aufspielende Musikanten.
Wien, Österreichisches Museum für Volkskunde
◀

205 Truhe, Hausruckgebiet/Oberösterreich, 1. Hälfte 18. Jahrhundert. Weiß, Grün, Schwarz auf braun lasiertem Grund.
Schärding/Oberösterreich, Heimatmuseum

206 Truhe, Marchtrenk/Bez. Wels/Oberösterreich, 1755. Dieser Möbeltypus, dessen Zentrum im Raum Eferding liegt, ist gekennzeichnet einmal durch die sehr kleinteilige Gliederung durch vorgeblendete Leisten, die ihm den Namen »Spreißelmöbel« eingetragen hat, zum anderen durch die von geometrischen und Zirkelschlagmotiven bestimmte Zimmermannsmalerei. Schwarzgrün, Hellgrün, Gelb, Rot, Weiß auf Blankholzgrund.
Linz/Donau, Oberösterreichisches Landesmuseum

207 Schrank, Innviertel/Oberösterreich, Ende 18. Jahrhundert.
Privatbesitz
◄

208 Schrank (»Vogerlkasten«), Vöcklatal/Oberösterreich, 1830.
Linz/Donau, Oberösterreichisches Landesmuseum

Franken, Hessen, Thüringen, Sachsen und Schlesien

209 Schrank, Gegend Feuchtwangen/Lkr. Ansbach/Mittelfranken, 1831.
Privatbesitz

210 Schrank, Goldkronach/Lkr. Bayreuth/Oberfranken, Ende 18. Jahrhundert. Grund: Maserung in zwei Brauntönen; Schlagleiste, Profile, Gesimse und Eckfüllungen zinnoberrot und blaugrün; Füllungsgrund blaugrau.
Wunsiedel/Oberfranken, Fichtelgebirgs-Museum

211 Ausschnitt: Linkes oberes Türfeld aus Schrank Abb. 216.

212 Stubentür, Lippertmühle in Unterthölau / Lkr. Wunsiedel / Oberfranken, 2. Hälfte 18. Jahrhundert.
Wunsiedel, Fichtelgebirgs-Museum ▶

213 Schrank (»Bhalter«), Gegend Wunsiedel/Oberfranken, 18. Jahrhundert. Brot- und Vorratsschrank, Typus des mittelalterlichen Almers, der sich im Wirtschaftsmöbel erhalten hat, wobei die Ausstattung mit Schubladen eine spätere Entwicklung darstellt.
Wunsiedel, Fichtelgebirgs-Museum

214 Spanschachtel, mitteldeutsch, 18. Jahrhundert. Der Inschrift »Lieben und gelibet werden, ist die größte Freud auf Erden« zufolge Minne- oder Hochzeitsgeschenk.
Wunsiedel/Oberfranken, Fichtelgebirgs-Museum

215 Schrank, wohl Johann David Radius, Kirchen- und Wappenmaler in Oberröslau/Kreis Wunsiedel/Oberfranken, um 1735. Aus einem Bauernhaus in Sinatengrün/Gem. Bernstein/Kreis Wunsiedel/Oberfranken.
Wunsiedel, Fichtelgebirgs-Museum

216 Schrank, Gegend Wunsiedel/Oberfranken, 1787. Grund braune Maserung, Gesimse grüne Marmorierung. Die Blumensträuße mit roten Schleifen auf blaugrünem Grund, in Rahmen mit Rocailleschnitzerei (vgl. Abb. 211, 217).
Wunsiedel, Fichtelgebirgs-Museum

217 Ausschnitt: Rechte obere Türfüllung von Schrank Abb. 216.

218 Schrank, Gegend Wunsiedel/Oberfranken, um 1760.
Wunsiedel, Fichtelgebirgs-Museum

219 Schrank, wohl Ursheim/Lkr. Gunzenhausen/Mittelfranken, 1842. Grund violett-getupft; starkfarbige Bemalung mit vorwiegend violett, gelb, rot, grün, weiß. Stuttgart, Württembergisches Landesmuseum

220 Kleine Truhe, Unterfranken, 1779. Grund braun, Malerei in Rot, Blau, Grün und Weiß. Würzburg, Mainfränkisches Museum

221 Truhe, Gegend Wunsiedel/Oberfranken, 1. Hälfte 19. Jahrhundert. Wunsiedel, Fichtelgebirgs-Museum

222 Schrank, Gegend Wunsiedel/Oberfranken, um 1830. Ungewöhnlich und sehr persönlich die reiche Beschriftung: ein rührender Abschiedsspruch zieht sich unter dem Gesims um dieses für eine Braut gefertigte Möbel.
Wunsiedel, Fichtelgebirgs-Museum

223 Truhe, Thüringen, 17. Jahrhundert.
Dresden, Staatliches Museum für Volkskunst

224 Truhe, Hohenlohisch-Franken, 1. Drittel 19. Jahrhundert. Grund hellblau, Marmorierung rot-blau-gelb-weiß, Hauptfarben der Blumenmalerei ebenfalls Gelb, Rot, Blau und Weiß.
Würzburg, Mainfränkisches Museum

225 Schrank, Burgsalach/Lkr. Weißenburg/Mittelfranken, um 1840. Wirtschaftsschrank des Almertypus. Grund gelblich-braun mit zu Kammstrich stilisierter Maserung. Die Halbkreise in Rot und Blau.
Berlin, Museum für Deutsche Volkskunde

226 Vertäfelung einer Herbergstube, Kulmbach/Oberfranken, um 1700. Apostelfiguren über einem Vorhang auf weißlichem Grund, Hauptfarben Grün und Rotgelb (vgl. Abb. 228).
Kulmbach, Luitpoldmuseum

227 Truhe, Rhön/Unterfranken, 1733.
Fladungen/Lkr. Rhön-Grabfeld/Unterfranken, Rhönmuseum

228 Ausschnitt: Decke aus der Herbergstube Abb. 226.

229 Truhe, Rhön/Unterfranken, 1787.
Fladungen/Lkr. Rhön-Grabfeld/Unterfranken, Rhönmuseum

230 Ausschnitt: Linke Türfüllung aus Schrank Abb. 231.

231 Schrank, Grenzgebiet bayerisch und württembergisch Franken, 1804. Grund türkis; Türrahmen blau-weiß-marmoriert; Felder weiß, rosa, rot, grün; Sockel und Kranzgesims braun-weiß-marmoriert.
Stuttgart, Württembergisches Landesmuseum

232 Niederer Schrank mit offenem Aufsatz, Lausitz/Sachsen, 1805. Grund dunkelblau, Malerei starkfarbig.
Dresden, Staatliches Museum für Volkskunst

233 Schrank, Kunnersdorf/Lausitz/Sachsen, 18. Jahrhundert. Doppeltüriger Stollenschrank, Ölmalerei.
Dresden, Staatliches Museum für Volkskunst ▶

234 Schrank, Sebnitz, Oberlausitz/Sachsen, spätes 18. Jahrhundert.
Sebnitz, Heimatmuseum ▶

235 Schrank, Lausitz/Sachsen, 1824. Grund rot marmoriert, Malerei in Rottönen und weiß.
Verschollen

236 Schrank, Oberlausitz, Sachsen, 1788. Möbel und Malerei Typus der Werkstätten der Herrnhuter Brüdergemeinde.
Dresden, Staatliches Museum für Volkskunst

237 Schrank, Oberlausitz/Sachsen, 1779. Nach Möbeltypus und Malerei Arbeit eines Herrnhuter Meisters.
Dresden, Staatliches Museum für Volkskunst

238 Schrank, Boberröhrsdorf/Lkr. Hirschberg/Schlesien, frühes 19. Jahrhundert. Brotschrank, sog. »Brotalmer«.
Breslau, Schlesisches Museum für Kunst, Gewerbe und Altertümer

239 Schrank, Herrnhut/Oberlausitz/Sachsen, 1781. Aus Suderode im Harz.
Quedlinburg/Sachsen, Schloßmuseum

240 Ausschnitt: Türe und rechte Schrankseite des Schrankes Abb. 241.

241 Schrank, Gegend Zittau/Bez. Dresden/Sachsen, 1783 (vgl. auch Abb. 240).
Dresden, Staatliches Museum für Volkskunst

242 Zweiteiliger Speiseschrank, Sachsen, 1811 (vgl. auch Abb. 243).
Dresden, Staatliches Museum für Volkskunst

243 Ausschnitt: Oberes Türfeld aus Schrank Abb. 242. ►

244 Oberteil eines Aufsatzschrankes, Gegend Dresden, 18. Jahrhundert. Grund zart moosgrün mit gebrochenem Schwarz, Gelb, Altrosa, lichtem Ocker.
Dresden, Staatliches Museum für Volkskunst ►

245 Schrank, Herrnhut/Oberlausitz/Sachsen, 1789. Sehr starke Farbigkeit auf grünem Grund.
Dresden, Staatliches Museum für Volkskunst

246 Schrank, wohl Lausitz/Sachsen, 1810. Die Landschaften der Türfüllungen von Chinoiserien ausgehend.
Dresden, Staatliches Museum für Volkskunst

247 Schrank, Gegend Hennersdorf/Sachsen, 1781. Auffallend die Verbindung von Malerei und einzelnen plastischen Elementen.
Dresden, Staatliches Museum für Volkskunst

248 Ausschnitt: Türfüllung aus einem Schrank, Oberlausitz/Sachsen, 1789.
Dresden, Staatliches Museum für Volkskunst

249 Schrank, Niederschlesien, 1748.
Wroclaw, Museum Narodowe

250 Schrank (»Brotalmer«), Hermsdorf/Riesengebirge/Schlesien, 18. Jahrhundert. Rot-blau gemustert, dazu Flächen von gelblich gebrochenem Weiß.
Breslau, Schlesisches Museum für Kunst, Gewerbe und Altertümer

251 Schrank, Niederschlesien, 1733.
Wroclaw, Museum Narodowe

252 Schrank, Niederschlesien, 1791.
Wroclaw, Museum Narodowe

253 Schrank, Schlesien, 18. bzw. 19. Jahrhundert.
Vorwiegend braune und gelbe Töne.
Breslau, Schlesisches Museum für Kunst, Gewerbe und Altertümer

254 Truhe, Nordböhmen/CSSR, 1837.
Pardubice/CSSR, Museum

255 Stütze (»Gilp«), Schwalm/Lkr. Ziegenhain/Hessen, 1901. Schwärzliche Streifen, dunkelgrüne Ranken. Nürnberg, Germanisches Nationalmuseum

256 Löffelkörbchen, Schwalm/Lkr. Ziegenhain/Hessen, 1907. Grund weiß, Malerei grün-gelb-rot mit etwas Blau. Nürnberg, Germanisches Nationalmuseum

257 Truhe, Südost Hessen, 1850. Köln, Kölnisches Stadtmuseum

258 Brautstuhl, Schwalm / Lkr. Ziegenhain / Hessen, 1843. Für Anna Catharina Süsman. Marburg/Lahn, Universitätsmuseum

259 Brautstuhl, Schwalm / Lkr. Ziegenhain / Hessen, 1827. Die Schnitzerei mehrfarbig gefaßt. Kassel, Staatliche Kunstsammlungen

260 Schrank, Schwalm/Lkr. Ziegenhain/Hessen, 1787. Marburg/Lahn, Universitätsmuseum

261 Salzbehälter, Schwalm/Lkr. Ziegenhain/Hessen, 1907. Kastenförmig mit Klappdeckel, Buchenholz. Grund gelblich-weiß, Malerei sehr bunt: Gelb, Grün, Rot und Blau.
Nürnberg, Germanisches Nationalmuseum

262 Truhe, Nordheim / Lkr. Rhön-Grabfeld / Unterfranken, 1786. Die Möbel, namentlich die Truhen, des thüringisch-unterfränkischen Raumes zeigen eine starke Verwandtschaft. Grund der Arkaden: blaugrün; Feldgrund: englisch-rot bzw. hellblau, dazu vorwiegend Rot, Orangerot, Weiß und Grün.
Fladungen/Lkr. Rhön-Grabfeld/Unterfranken, Rhönmuseum

263 Truhe, Rhön/Unterfranken-Hessen, 1736. Grund blau, dazu viel Weiß, im übrigen Rot, Braun, Grün.
Fladungen/Lkr. Rhön-Grabfeld/Unterfranken, Rhönmuseum ▶

264 Schrank, Mudersbach/Kreis Biedenkopf/Hessen, 1858. Die Kombination von Schnitzerei (Eichenholz) und Malerei ist für einige Gegenden Hessens charakteristisch.
Marburg/Lahn, Universitätsmuseum ▶

265 Truhe, Rhön/Unterfranken — Hessen, 1758. Kassel, Staatliche Kunstsammlungen

Norddeutschland

266 Stubentür, Goting/Insel Föhr/Schleswig-Holstein, um 1800. Schleswig, Schleswig-Holsteinisches Landesmuseum

267 Schrank, nördliches Weser-Emsgebiet/Niedersachsen, um 1750/60.
Jever/Oldenburg-Friesland/Niedersachsen, Schloß- und Heimatmuseum ▸

268 Ausschnitt: Mittelfeld einer Koffertruhe, Marschen/Schleswig-Holstein, 1837. Die zarte Malerei hat ihren Platz zwischen den schweren Eisenbeschlägen dieses Möbeltypus.
Hamburg, Altonaer Museum

269 Schrank, Fressmark / Nordfriesland / Schleswig-Holstein, Mitte 18. Jahrhundert.
Schleswig, Schleswig-Holsteinisches Landesmuseum

270 Schrank, Fallersleben/Kreis Gifhorn/Niedersachsen, 1764. Die Ornamente in Grau auf braunem Grund.
Braunschweig, Braunschweigisches Landesmuseum

271 Tür aus einer Sommerstube, Krempermarsch/Schleswig-Holstein, 1751. Blau-graue Marmorierung. Teil einer umfassenden Ausmalung der Stube mit Landschaften und biblischen Szenen, wohl Arbeiten eines an städtischen Vorbildern orientierten Wandmalers.
Hamburg, Altonaer Museum ▶

272 Spanschachtel mit Schnappverschluß (»Klob«), Hallig Oland/Kreis Husum/ Schleswig-Holstein, 1775. Weißrote Ranken auf blaugrünem Grund.
Schleswig, Schleswig-Holsteinisches Landesmuseum

273 Klapptisch, Hallig Hooge/Schleswig-Holstein, um 1770. Grund blau, Ranken und Blumen in Weiß, Blau und Rot, die in der Kleidung der Figuren wiederkehren.
Nürnberg, Germanisches Nationalmuseum

274 Präsentierbrett (Unterseite), Insel Föhr oder Halligen/Schleswig-Holstein, 1774. Grund dunkel-blaugrün, Malerei in Rot, Gelb, Weiß.
Hamburg, Altonaer Museum

275 Kastensessel, Daun/Rheinland-Pfalz, 1796. Hellblau mit Rot.
Berlin, Deutsches Museum für Volkskunde

Gegenüberliegende Seite:
276, 277 Stubentür, Husum/Schleswig-Holstein, Ende 18. Jahrhundert. Vorderseite: Darstellung der Justitia in rotem Gewand, Rückseite: Darstellung eines Kavaliers.
Schleswig, Schleswig-Holsteinisches Landesmuseum

Der Gott lose borget und Bezahlet nicht

Ich liebe die Gerechtigkeit
Und Hasse das Unrecht

278 Ausschnitt: Paneel, Viöl/Nordfriesland/Schleswig-Holstein, 18. Jahrhundert.
Hamburg, Altonaer Museum

279 Amtsstube, Nordstrand/Friesland/Schleswig-Holstein, um 1735.
Hamburg, Altonaer Museum

280 Halbschrank, Witzwort/Kreis Eiderstedt/Schleswig-Holstein, um 1800. Braun-gelbliche Fournierimitation, rote Profilleisten.
Schleswig, Schleswig-Holsteinisches Landesmuseum

281 Schrank, Schafflund/Kreis Flensburg/Schleswig-Holstein, 2. Hälfte 18. Jahrhundert. Grüner Grund, Marmorierung graublau, Blumen und Früchte rosa und grün, Profilleisten weiß und rot.
Flensburg, Städtisches Museum

282 Schrank, Hallig Hooge/Schleswig-Holstein, 1789. Dargestellt innerhalb Landschaftsbildern die vier Temperamente, das sanguinische, das cholerische, das melancholische und das phlegmatische. Grundfarbe ist Grün.
Hamburg, Altonaer Museum ►

283 Koffertruhe, Süpplingen/Kreis Helmstedt/Niedersachsen, 1800. Das Bandwerk weiß und blau in sich gemustert, das Pflanzenwerk weiß und grün mit Violett.
Braunschweig, Braunschweigisches Landesmuseum

284 Truhe, Ahrenviöl/Kreis Husum/Schleswig-Holstein, 2. Hälfte 18. Jahrhundert. Verbindung von Malerei und Schnitzerei. Grüne Gesamtfassung, Malerei in Schwarz, Weiß und Gelb.
Schleswig, Schleswig-Holsteinisches Landesmuseum

285 Schulkasten, Norddeutschland, Anfang 19. Jahrhundert.
Bremen, Focke-Museum

286 Schrank, Gegend Braunschweig/Niedersachsen, 1760. Gelb auf dunkelbraunem Grund.
Braunschweig, Braunschweigisches Landesmuseum

287 Ausschnitt: Feld einer Brauttruhe, Spreewald/Brandenburg/DDR, 1833.
Berlin, Museum für Deutsche Volkskunde

288 Ausschnitt: Mittelmedaillon aus dem rechten Türfeld des Schrankes Abb. 290.

289 Koffertruhe, Kaltenkirchen/Schleswig-Holstein, 1837. Bemalung möglicherweise eine Generation jünger als die Truhe.
Hamburg, Altonaer Museum

290 Schrank, Ostfriesland/Niedersachsen, 1750/60. Die Türfelder in den Tönen Rot und Gelb (vgl. auch Abb. 288).
Jever/Oldenburg-Friesland/Niedersachsen, Schloß- und Heimatmuseum

291 Anrichte, Valdorf/Kreis Herford/Westfalen, 1822. Stark farbig gefaßte Schnitzerei macht den Hauptteil des Dekors aus, lediglich die weißen Vögel auf der Rückwand sind gemalt.
Schloß Cappenberg, Museum für Kunst und Kulturgeschichte der Stadt Dortmund

Motive

292 Bäuerliches Paar mit Arbeitsgerät. Türfeld von einem Schrank des Johann Michael Rössler, Untermünkheim/Kreis Schwäbisch Hall/Baden-Württemberg, 1845.
Privatbesitz

293, 294 Männliche Gestalt bzw. Vogel gestalt. Feld von einem Schrank des Franz Baier, Unterscheidenthal/Kreis Buchen/Baden-Württemberg, 1830 (vgl. Abb. 146).
Karlsruhe, Badisches Landesmuseum

295 Drei Herzen als Symbole der Dreifaltigkeit, kombiniert mit dem Motiv der Blumenvase. Ausschnitt aus dem Fußbrett eines Himmelbettes, Tölz/Lkr. Bad Tölz-Wolfratshausen/Oberbayern, um 1825.
München, Bayerisches Nationalmuseum ▶

296 Weihnachtsdarstellung: Anbetung der Hirten. Ausschnitt aus dem Feld einer Bett-Truhe des Johann Nepomuk Pichler, Schliersee/Lkr. Miesbach/Oberbayern, um 1780.
Miesbach, Heimatmuseum

297 Biblische Szene: Ruth, auf dem Felde des Boas Ähren lesend. Ausschnitt: Rechtes unteres Türfeld vom Schrank des Anton Perthaler aus der Stubeneinrichtung seines Hauses, Degerndorf-Inn/Lkr. Rosenheim/Oberbayern, 1788 (vgl. Abb. 45).
München, Bayerisches Nationalmuseum

298 Bäuerliche Hochzeitstafel und Küche. Ausschnitt aus einem der Längsbretter des Himmelbettes von Johann Nepomuk Pichler, Schliersee/Lkr. Miesbach/Oberbayern, 1778 (vgl. Abb. 51).
München, Bayerisches Nationalmuseum

299 Rosensproß, Ausschnitt aus einem Fußbrett eines Bettes, Tölz/Lkr. Bad Tölz-Wolfratshausen/Oberbayern, um 1820/30 (vgl. Abb. 309).
Bad Tölz, Heimatmuseum

300 Allegorie des Frühlings in Gestalt eines Gärtners. Ausschnitt: Feld eines Schrankes, Baden, Ende 18. Jahrhundert.
Karlsruhe, Badisches Landesmuseum

301 Allegorie des Sommers: Rast unterm Baum bei der Heuernte. Ausschnitt: Rechtes oberes Türfeld eines Schrankes aus Lenggries/Lkr. Bad Tölz-Wolfratshausen/Oberbayern, 1845 (vgl. Abb. 321).
Bad Tölz/Lkr. Bad Tölz-Wolfratshausen/Oberbayern, Heimatmuseum

1835.

303 Flöte spielender Knabe. Ausschnitt aus einem Schrank, Hohenloher Land / Baden-Württemberg, Anfang 19. Jahrhundert (vgl. Abb. 126).
Stuttgart, Württembergisches Landesmuseum

304 Musizierende Familie. Ausschnitt aus einem Türflügel einer Hausorgel, Schwellbrunn/Kt. Appenzell-Ausserrhoden/Schweiz, 1811.
Zürich, Schweizerisches Landesmuseum

◄
302 Bäuerliche Frauengestalt in Verbindung mit den Motiven von Pflanzensproß und paarigen Vögeln. Ausschnitt: Türfeld eines Schrankes des Johann Michael Rössler, Untermünkheim/Kreis Schwäbisch Hall/ Baden-Württemberg, 1835.
Karlsruhe, Badisches Landesmuseum

305 Bäuerliches Paar und Tierdarstellungen. Schrank des Johann Michael Rössler, Untermünkheim/Kreis Schwäbisch Hall/Baden-Württemberg, 1839.
Würzburg, Mainfränkisches Museum

306 Bäuerliche Frauengestalt. Ausschnitt aus einer Schranktüre des Johann Michael Rössler, Untermünckheim/Kreis Schwäbisch Hall/Baden-Württemberg, 1. Drittel 19. Jahrhundert.
Feuchtwangen/Lkr. Ansbach/Mittelfranken, Heimatmuseum

307 Hl. Katharina. Ausschnitt: Linkes unteres Türfeld eines Schrankes aus Gunskirchen/Oberösterreich, 1793 (vgl. Abb. 197).
Privatbesitz ▶

Chathrina

308

308 Hochzeitsmahl und -tanz. Ausschnitt: Fußbrett eines Himmelbettes vom »Meister der Jahreszeitenkästen« aus Lambach/Kreis Wels/Oberösterreich, 1781. Wien, Österreichisches Museum für Volkskunde

311

312 ▼

309

310 ▼

313 Aufsatzschrank (Speiseschrank), Gegend Dresden/Sachsen, frühes 19. Jahrhundert. Grund rotbraun, Felder und Giebel gelb, zinnoberrot, weiß, Blumen in Weiß, Gelb, Lichtblau, Zinnoberrot und Moosgrün (vgl. Abb. 314).
Dresden, Staatliches Museum für Volkskunst

314 Blumenstrauß in der Vase. Ausschnitt: Feld der oberen Türe aus Schrank Abb. 313.

Gegenüberliegende Seite:

309 Die Reiterheiligen Martin und Georg in phantastischer Landschaft. Ausschnitt: Fußbrett eines Himmelbettes, Tölz/Lkr. Bad Tölz-Wolfratshausen/Oberbayern, um 1820/30 (vgl. Abb. 299).
Bad Tölz, Heimatmuseum

310 Kriegsszene. Ausschnitt: Seitenwand eines Bettes aus dem östlichen Oberbayern, frühes 19. Jahrhundert.
Erding/Oberbayern, Heimatmuseum

311 Liebespaar, Deckel eines Kästchens mit Wismutmalerei, 1585. Starke Farbigkeit auf metallisch schimmerndem Grund.
Stuttgart, Württembergisches Landesmuseum

312 Hl. Katharina. Ausschnitt aus einem Schrank, Gegend Straubing/Niederbayern, 1808
Privatbesitz

315 Blumenstrauß in der Vase. Ausschnitt: Türfeld eines Schrankes, Sachsen, 1893.
Dresden, Staatliches Museum für Volkskunst

316 Vase mit Blumenstrauß. Ausschnitt: Türfüllung eines Schrankes, Kirchberg a. d. Jagst/Hohenlohekreis/Baden-Württemberg, 1. Hälfte 18. Jahrhundert. Grund ziegelrot; Vase weiß, rot, blaugrün.
Stuttgart, Württembergisches Landesmuseum

317 Schrank, Gegend Dresden/Sachsen, 1788. Blumensträuße in Vasen und Blütensprosse. Grund lichtblau, Feldergrund braun lasiert mit Weiß, Zinnoberrot, lichtem Ocker und Moosgrün (vgl. Abb. 318, 319).
Dresden, Staatliches Museum für Volkskunst

316

317 ▼

318, 319 Sträuße in der Vase. Ausschnitte: Linkes oberes bzw. linkes unteres Türfeld aus Schrank Abb. 317.

320 Vogelfries. Ausschnitt: Gesimszone eines Schrankes aus dem Alpbachtal/Tirol/Österreich, 1765.
Innsbruck, Tiroler Volkskunstmuseum

321 Darstellung des Winters aus einer Jahreszeitenfolge. Ausschnitt: Türfüllung eines Schrankes aus Lenggries/Lkr. Bad Tölz-Wolfratshausen/Oberbayern, 1845 (vgl. Abb. 301).
Bad Tölz/Lkr. Bad Tölz-Wolfratshausen/Oberbayern, Heimatmuseum

322, 323 Eule und zwei Steinböcke. Ausschnitte aus einer Brautschaff, Alpbachtal/Tirol/Österreich, Mitte 18. Jahrhundert.
Innsbruck, Tiroler Volkskunstmuseum

324 Hahnreiter, Seitenfeld einer Truhe, Egerland/Böhmen/CSSR, frühes 19. Jahrhundert. Grund blau, Malerei vorwiegend in Blau und Rot.
Nürnberg, Germanisches Nationalmuseum

325 Husar, Ziertafel sog. »Täfele«, Schwarzwald, 1830/40. Schildmalerei.
Verschollen

320

321 ▼

322

323 ▼

324

325 ▼

326 Detail einer Schranktüre, Oberösterreich, 1818; dargestellt zwischen zwei Blumenfeldern das Mariengnadenbild von Mariazell.
Samesleiten bei Linz, Freilichtmuseum

327, 328 Zwei Füllungen aus der Vorderwand einer Truhe, Egerland, frühes 19. Jahrhundert.
Abb. 327: Flußlandschaft mit Boot und Jäger;
Abb. 328: Landschaft mit Angler und Jäger.
Nürnberg, Germanisches Nationalmuseum

329, 330 Details von der Malerei am Fußbrett eines Himmelbettes, Tölz, um 1810/20. Bei einem Minimum von malerischem Aufwand ist die Wirkung dieser Serienmalerei von größter Ausdruckskraft.
München, Bayerisches Nationalmuseum

331 Deckelbild eines Minnekästchens, süddeutsch, spätes 17. Jahrhundert. Wismutmalerei: Bei dieser Technik wurde auf Kreidegrundierung Wismutpulver aufgetragen und poliert, die darüberliegende Malerei erhält dadurch einen metallischen Schimmer. Privatbesitz

zu Seite 176:
332 Detail aus einer Schranktruhe von W. Ganter, Schwarzwald, 1. H. 19. Jahrhundert.
Freiburg/Br., Augustinermuseum

Technik und Pflege

Durch die allgemein gewordene Neigung zu Antiquitäten, vor allem auch zu den Zeugnissen der bäuerlichen Sachkultur, kommen immer mehr Objekte der Volkskunst in die Hände begeisterter, aber oft unerfahrener Sammler und Liebhaber. Es mag deshalb im Zusammenhang einer Darstellung von Geschichte und Erscheinung der bäuerlichen Möbelmalerei angebracht sein, einige grundsätzliche Fragen zur Behandlung von Gegenständen aus diesem Bereich zu erörtern. Dabei sollen nun keineswegs Anleitungen zu umfassenden Restaurierungsarbeiten geboten werden, wie sie nur dem gelernten Fachmann möglich sind, noch soll damit die heute oft geübte allzu starke und allzu erneuernde Herstellung der Bemalung unterstützt werden. Es ist nur beabsichtigt, dem nicht einschlägig vorgebildeten, aber geschickten Besitzer einige Ratschläge zur Instandsetzung häufiger, kleinerer Schäden und zu einer richtigen Pflege des Stückes zu geben.

Zunächst dürfte eine Übersicht über die verschiedenen in der bäuerlichen Möbelmalerei angewandten *Techniken* nützlich sein. Es ist dies allerdings mit einigen Schwierigkeiten verbunden, da bisher kaum zusammenfassende Untersuchungen zu diesem Thema vorliegen.

1 *Die Kaseinmalerei*

Sie bildet die elementar bäuerliche Technik, die gerade vom ländlichen Schreiner-Maler angewandt wurde, weil ihre Zutaten ihm mühelos zugänglich waren. Als Bindemittel findet hier nämlich Kasein, ein Milchprodukt, Verwendung. Um Kaseinleim zu gewinnen, muß Topfen (Quark) aus Magermilch fein zerrieben und mit einem Zusatz von gelöschtem Kalk (möglichst alt aus der Kalkgrube) aufgeschlossen werden: auf ein Kilogramm Topfen kommt etwa nußgroß Kalk (andere Rezepte steigern den Kalkzusatz bis zu einem Fünftel der Gesamtmenge Topfen[126]). Das sorgfältige Durchrühren mit Kalkzusatz bewirkt die Umsetzung des Topfens in Kaseinleim, d. h. die Freisetzung des Milcheiweißes, wobei die Mischung sämig wird. Diese wird notfalls durch ein Sieb gestrichen und mit Leinölfirnis emulgiert. Je nach Bedarf erfolgt schließlich die Verdünnung mit Wasser. Diese Kaseinemulsion (Tempera) ergibt eine Malerei von ungewöhnlicher Dauerhaftigkeit, die vor allem wasserunlöslich ist.

Wie sehr diese Kaseintechnik dem bäuerlichen Bereich verbunden ist, zeigt die Tatsache, daß — wie Christian Rubi berichtet[122] — etwa in der Berner Bauernmalerei das Kasein nach einer aus der Käsezubereitung vertrauten Methode gewonnen wird: »Man läßt einen Topf Magermilch so lange stehen, bis sie sauer geworden ist. Dann bringt man sie auf mäßiges Feuer, worauf sie gerinnt. Es scheidet sich das Wasser vom Käsestoff. Mit Hilfe eines feinen Tuches preßt man diesen aus und hat so das Kasein gewonnen.«

Die Zusammenhänge mit der Kalkkasein-Wandmalerei, die bis zum Ende des 18. Jahrhunderts für den bayerisch-tirolischen Raum nachgewiesen ist, wurden noch nicht näher untersucht; doch ist eine Verbindung mit dieser Vorbildschicht zu erwägen — zumal bei Meistern wie Johann Böheim, die Fresken und Möbel malten.

Mit diesem Kaseinbindemittel werden nun die Farben angesetzt, in der jeweils benötigten Tagesmenge, da das Kasein, besonders im Sommer, rasch fault. Bei den Farben handelt es sich zur Zeit der volkstümlichen Möbelbemalung um die damals bekannten Farben (Pigmente): Am Beginn stehen, wie die Geschichte der Möbelmalerei gezeigt hat, auf dem Blankholzgrund Schwarz und Rot, natürliche Pigmente also, da Schwarz aus Kienruß, Rot aus Ochsenblut oder Rötel gewonnen wurde. Auch Braun, etwa durch Auskochen von den grünen Fruchtschalen der Walnüsse entstanden, wird benutzt[118]. Die größere Farbauswahl der barokken Phase der Möbelmalerei kennt vorwiegend Erdfarben.

Leider haben sich nur sehr wenige Nachrichten über ländliche Malerfarben bzw. Anleitungen zur Farbherstellung in diesem Kulturbereich erhalten. So ist die Sammlung von Farbrezepten, die der Schreiner Johann Friedrich Pochmann aus Friedland in Böhmen zu Beginn des 18. Jahrhunderts niederschrieb, von außerordentlichem Wert.

»Abgesehen von allen Möglichkeiten der Abtönung, unterschied er nicht weniger als je 9 verschiedene schwarze und gelbe Farben, 6 verschiedene braune, je 5 verschiedene blaue, grüne und rote und 3 verschiedene weiße Farben. Nach seiner eignen Aufzählung sind dies folgende Arten:

Schwarze Farben	*Gelbe Farben*
1. Bein-Schwarz	1. Mosticat (< Massicot)
2. Lampen-Schwarz	2. opermend (< Auripigment)
3. Kupferschwärtz	3. Saffran
4. schmiedt-Kollenschwärtz	4. Beergelb
5. Indianische Dinte	5. oger oder Berggelb
6. Kühnruß	6. Gummi gutta
7. Gebrantte Pfirsig-Kerner	7. Rauschgelb
8. Hirschhorn	8. Schitdgelb (< Schüttgelb)
9. Nußschallen	9. Bleygelb

Braune Farben

1. Brauner oger
2. Cölnische Erden
3. Keßel Braun
4. Umbra
5. Asphaltum
6. Braun Roth

Blaue Farben

1. Indigo
2. Berg-Blau
3. Schmalten (< Smalte)
4. Ultramarin
5. Laccmos (< Lackmus)

Grüne Farben

1. Ungarisch Berggrin
2. Mallachit
3. Safftgrin
4. Spangrin
5. Lillgengrin

Rote Farben

1. Meni (< Mennige)
2. Zinober
3. Rothe Kreide
4. Lacc
5. Brisilien (< Brasilienholz)

Weiße Farben

1. Bleyweyß
2. Mußelweyß
3. Schiefferweyß.

Den größten Teil der Rohstoffe lieferte das Mineral- und Pflanzenreich, wobei die Farben der Gewächse ihrer leichteren Gewinnung wegen sichtlich bevorzugt wurden. Unter den pflanzlichen Stoffen spielte das Saftgrün entsprechend der reichen Verwendung dieser Farbe eine wichtige Rolle. Für die Bereitung dieses Farbstoffes hatte man folgendes Verfahren:

›Man nimbt ungefähr 14 Tag vor Michaelis schöne Creutzbeer, ehe sie weich werden an den stauden, zerstößet sie ein wönig, Thut sie in ein Haffen, Besprengt sie mit gerieben allaun unten und oben, Läßt sie 24 Stunden stehen; darnach gießt man Lautter Laugen darauff, setzet es zum Fewer, Lest es zwey finger hoch einsieden, Last es erkalten und streichet es durch ein Tichl, Thut die Matterie in eine Bloßen, Lasset es also in der Bloßen erstarren. Ist sie zu gelb, so Thue man ein wönig Indig an Reiben; Wilst du sie golt farb haben, so nim ein wönig Saffran darzu!‹

Von nicht geringer Verwendbarkeit ist das ›Lillgengrin‹, das, aus zeitig gebrochenen ›schwerttel Lilligen‹ hergestellt, eine ›schön Meehr grine Farb‹ abgibt und meistens mit Wasser aufgetragen wird. Ein ›durchscheinend grin‹ kommt zustande, wenn man einen Teil gelbe ›Erbsenfarb‹ mit einem halben Teil Heidelbeersaft mischt, mit Indigo ›schattiert‹ oder mit Bleigelb oder =weiß ›erhöht‹. Das pflanzliche Grün ist als selbständige Farbe ebenso unentbehrlich wie als Schattierungsmittel für andere Farben.

Eine hohe Bedeutung unter den grünen Farben kommt ferner dem Grünspan zu, für dessen Herstellung folgende Anweisung galt:

›Nim Kupfer-Aschen zwey theil, gemein Saltz 1 Theil, Weinstein und Allaun jedes ein Viertel, Thue es unter ein ander, geuß wein-Eßig darauff, Laße es in ein Verglaßirten Gechirr auf der Trockene Einsieden, mache es so noch zu 2—3 mahl. Zum 4ten Rühre ihn auff, reibe und mische ihn untter einander und Lasse ihn wieder einsieden, dann stoße es und Lasse an der Luft auß Trocknen, so hast du schönen grin spon!‹

Zum Malen wurde der Grünspan auf 2 verschiedene Arten gebrauchsfertig gemacht: Man ließ Gummi Arabicum in sehr starkem Weinessig zergehen und mischte Grünspan und Weinrautensaft darunter oder man warf in die Mischung Weinessig-Grünspan ein wenig Safran und temperierte die Farbe mit einem wohl gesottenen Eidotter. Unter den verschiedenen Tönen des Grün, die durch Mischungen erreicht wurden, war als ›sattsame grine Farb‹ die Verbindung Beergelb und Bergblau bekannt.

Ebenso mannigfaltig waren die Herstellungsmöglichkeiten der blauen Farbe. Am häufigsten wurden dazu Weid- oder Kornblumen herangezogen nach folgender Anweisung:

›Man niembt schöne blaue Kornblumen, stößet dieselbige in einem Mäßel mit EyerKlar zu ein Muß, Druck den safft durch ein Thichlein, Thut es in ein Geschirr. Die Farb ist gutt zu Mahlen und Schreiben.‹

Violblaue Farbe wurde mit Heidelbeersaft, Essig und Alaun hergestellt oder man behandelte Eierschalen nach diesen Angaben:

›Nim Eyerschallen klein gestoßen und geriben, siede und Brene sie, daß sie weiß werden und Thue sie in ein Küpfern geschirr und geuß Essig darauff und setze sie ein Monath in die Erden oder Pferd S: o: Mist, so hast du schöne Blaue farb.‹

Auch von den vielen Herstellungsarten der gelben Farbe kann hier nur eine kleine Auswahl geboten werden. Beliebt war vor allem die ›gelbe Erbsenfarb‹:

›Man nimbt grüne saftige Erbsen, zieht die obere grine Haut ab und daß unttere schabt man mit einem Meßer zu schallen und läßt sie Trocken. Nachdem Thut man sie in ein verglaßirtes geschirr und gießt Lautter brunwasser darauff und ein wönig gestoßen Allaun, läßt es also 3 oder 4 Tag stehen; alle Tag aber muß man es Rühren. So man es Brauchen will, gießt man eine Mäßel ab, Läßet es stehen, Bies es gelb wird.‹

Zur Herstellung des Schüttgelb hatte man folgendes Verfahren:

›Man niembt die gelbe Blumen sambt dem stengel, so man nent Flos Tinctorius, so die färber gebrauchen, so viel man wiel. Thuet Rein Kalgwaßer darauff in ein Haffen und Lest es also wohl gut sieden, daß daß gelbe herfür komme. Hebt es von fewer, aber Lest es überschlagen, seihet es wie ander farben; alß dan niemb man wohl gerieben Kreiden und so viehl gerieben Alaun, laß es gutt mit samen sieden, aber achtung, daß nicht überLaufft. Wan sich die Supstanz sezet, so gieß man das waßer oben ab und dörret sie; dan kan angemacht werden mit allaun oder dünnem Leimwaßer unter der zugehörigen Temperatur.‹

Um Holz gelb zu färben, verwendete man auch Safran, den man in Bier rieb und mit Leimwasser mischte.

Die wichtigsten roten Farbstoffe waren Mennige, Zinnober und Brisilien (Brasilienholz). Davon hatte Mennige die einfachste Zubereitung; denn mit einem gleichen Teil Kreide in Öl abgerieben, gab es bereits eine ›schöne Rothe Farb‹. Mehr Sorgfalt erforderte die Zubereitung von Zinnober:

›Man nimbt 3 wägTheil Quecksilber und den dritten Teil schweffel, Thut es in ein scherben, zerLäßt den schweffel und das Quöcksilber unter einander, wan es nun wohl erkaltet, so Reibet man es auf einem stein; nach dem es gerieben ist, thut man es in ein Glas, daß zu vor Mit gebihetem Leimen eines fingers dick allenthalben Verkleibet ist; man bereithet ein orth auff einem ofen, wo es distlieren kan, und man muß ein Deckel auffs glaß machen von Blech, denselben gutt mit dickem BeinLeim beschmieren; aber ein klein Löchlein muß man in Deckel machen, daß man es allezeith mit einem Draht anRühren kan. Nach dem mach man ein kleines fewerlein von dürrem Holz her nach jelänger je größer undt giebet fein achtung auff daß glaß; dießes Läßet man sich nicht irren. Es wirdt mancherley Rauch auffsteigen, allein man muß ihm stettig feuer geben, Bis der Rauch so Roth wie Bluth aufsteiget; Nach dem ist er erst genug. Alß dan hebt man ihm von fewer ab und Läßt ihm erkalten, so nimt man den schönsten Zinober herauß!‹ «

Stellen wir der Nachricht aus dem Osten unseres Möbelmalereigebietes noch einen Beleg aus dem Westen gegenüber: Ein 1776 entstandenes Verzeichnis der Farben, die der Maler »Peter Wuettrich von Schurtenäll« im Truberland (Kanton Bern, Schweiz) benutzte, nennt folgende Töne:

»Weiße	: Bleiweiß
Gelbe	: Gelbe Kreiden (Eisenoxidhydrat)
Bruny	: Umberen (Umbra = Manganerde)
Schwarze	: Kienruß
Blaue	: Berlinerblauy (Eisencyansalz)
Rote	: Mennige und Zinnober
Grüny	: Spagrüne (Spangrün = Grünspan?)
Brunroti	: Nürnberger Rot
Rotbruny	: Englischi Erden (Eisenoxide).«[122]

Die Herstellung der Farben besorgten die Meister also wohl selbst.

Über die Bezugsquellen ihrer Grundmaterialien — soweit sie sich diese nicht selbst beschaffen konnten — wissen wir ebenfalls sehr wenig. In München stand beispielsweise nach der Zunftordnung von 1763 den Eisenkrämern der Handel mit Farbstoffen zu: »Item Fürnis, Leinöhl . . . Ferners rothe Farb, kößtenbraune, Ofenfarb, gelb und weiße Erden, Kreuden, Redl-Roth- und weißen Polus, Öhl- und Berg-grien, nebst Schwefel, Allaun, Stueffgoldt: und Silberglett, so andern dergleichen Farbwaren . . .«

Die Kaseintechnik benutzt eine sogenannte »lange« Farbe, d. h. sie ermöglicht ein leichtes, flüssiges und großliniges Arbeiten, im Gegensatz zur »kurzen«, oft pastenartigen Ölfarbe.

Vor dem Malen muß das Holz grundiert werden; denn es muß für die Farbe eine Isolierung geschaffen werden, da sonst das Holz zuviel Bindemittel aus der Farbe absaugen würde. Dafür benutzte man in alter Zeit oft gleichfalls ein Kaseinbindemittel, mit dem man das Holz einließ.

Vorbereitende und wohl auch konservierende Wirkung dürften weiterhin die Leim- und Firnisbehandlungen besitzen, die für verschiedene Landschaften festgestellt werden konnten. So berichtet Friedrich Sieber[128] für die Oberlausitz, daß hier das Holz zunächst mit einer Firnisschicht übergangen wurde, die man in der Sonne einbrennen ließ. Offensichtlich konnten aber diese Behandlungen zu der technischen auch eine dekorative Funktion gewinnen. Es charakterisiert eine bestimmte frühe Stufe der Möbelmalerei, die Malerei auf Blankholz, daß das Holz mit einem sehr stark lasierenden Überzug versehen wird, der die Holzstruktur durchscheinen läßt. Aus dem Tiroler Alpbachtal wissen wir durch Josef Ringler[121], daß die Blankholzflächen mit einem Firnis übergangen wurden; er enthielt einen bräunlichen Farbzusatz, dem die Möbel ihren »charakteristischen warmen, rötlichen braunen Ton und den matten Seidenglanz verdanken«. Entsprechendes ist auch etwa für den baden-württembergischen Raum nachgewiesen[130]. Es liegt in der Natur der Volkskunst, daß sich solche Behandlungsformen verselbständigen und zu eigenen Zierelementen werden können, eine Musterung erhalten, Holzmaserung vortäuschen oder sich abstrakt ornamental geben. Dies wird technisch erreicht durch Stupfen mit Rundpinseln, Stoffballen, Schwämmen oder Hobelspänen, durch Anwischen mit Flachpinseln oder durch »Kämmen« mit speziell zugeschnittenen Pinseln, beziehungsweise durch das Auskratzen der Farbe mit Kämmen, Stäbchen oder anderen Instrumenten, die sich die Maler oft individuell anfertigten, wie denn hier und beim gestalterisch verwandten Marmorieren größte Phantasie entwickelt wurde.

In — möglicherweise etwas modifizierter — Form dürfte diese Präparierung der Malfläche auch bei den anderen anschließend behandelten Techniken angewandt worden sein.

Auf diesem vorbereiteten Grund wurde nun die Malerei — der lokalen und entwicklungsgeschichtlichen Situation entsprechend — zunächst freihändig oder mit Schablonen auf das blanke Holz, später dann auf einer einfarbigen, nuancierten oder mehrfarbigen Grundierung pastos oder lasierend aufgetragen. Von dieser Art der deckenden Möbelbemalung wissen wir, daß ihre Anfänge, bestehend etwa in schwarzer Konturzeichnung auf weißem Grund, nicht dem Arbeitsbereich der alten Holzhandwerker (Zimmermann, Tischler) entstammen, sondern daß sie ihre Wurzel in den Werkstattgewohnheiten der professionellen Maler der Spätgotik hat, die in dieser Weise große Flächen, wie die Rückseiten von Altären, gestalteten[118].

Die Malerei wurde nun eventuell noch nachbehandelt, etwa mit einer letzten Kaseinschicht, mit einem Deckfilm von Wachs — wie wir aus der Lausitz wissen[128] —, oder mit Firnisüberzügen.

Die Kaseintechnik dürfte bis in das 19. Jahrhundert im ganzen süddeutschen und alpinen Raum bevorzugt worden sein; aber auch anderwärts dürfen wir sie bei ihrer Eignung für ländliche Verhältnisse annehmen — Karl Rumpf belegt sie ausdrücklich für Hessen[125] und auch für Sachsen ist sie nachgewiesen.

Daneben finden jedoch, wenn auch in beschränktem Umfang, andere Leim- und Temperatechniken (vom mittellateinischen temperare = mischen) Verwendung. Darunter sind zu verstehen Bindemittel aus Leimstoffen, mit oder ohne Zusatz von Ölen oder Wachsseife.

2 *Ei-Tempera*

»Zu einem ausgeschlagenen Ei setzt man einen gleichen Raumteil Öl und dann je nach Bedarf einen bis zwei Raumteile Wasser und zwar unter jedesmaligem, kräftigem Schütteln. Durch Wasser- und Ölzugabe kann der Maler diese Ei-Emulsion magerer oder fetter machen.«[122] Nach einiger Zeit wird sie wasserunlöslich; sie ist widerstandsfähiger als Ölfarbe.

3 *Kleistertechnik*

In der schweizerischen (Berner) Möbelmalerei ist es vor allem im 17. und in der ersten Hälfte des 18. Jahrhunderts auch zu einer Kleistertechnik gekommen, bei der sich die Maler ebenfalls leicht erreichbarer Mittel bedienten, so etwa des Weizenmehles, das ja »neben Stärke sehr viel Eiweiß enthält«[122, 124].

4 *Leimtechnik*

Verschiedentlich taucht in der Literatur auch der Begriff der Leimtechnik auf[118, 125, 130], jedoch ohne nähere Definition der Herstellung. Es könnte sich dabei um die Verwendung des in der Schreinerei gebräuchlichen Warmleims handeln, der als Farbbindemittel leicht erreichbar ist und sich besonders für lasierende Arbeiten gut eignet. Zur Festigung dieses sehr empfindlichen Farbauftrages muß dann allerdings ein Überzug mit Firnis (oder, wie in der volkstümlichen Faßmalerei, die diese Technik ebenfalls kennt, mit Lack) erfolgen.

5 *Kreidegrund-Technik*

Zuweilen stoßen wir, vor allem im 18. Jahrhundert, auch auf Möbel, die von professionellen Faß- oder Kirchenmalern bemalt wurden. Sie zeigen die den Meistern aus ihrer Tätigkeit beim Fassen von Altären oder Plastiken geläufige Technik der Kreidegrundierung als der Unterlage für Kaseinmalerei oder Vergoldung, bei welcher ein mit warmer Leimlösung präparierter Holzgrund in einer oder mehreren Schichten mit Kreide (eingerührt in Leimlösung mit wenig Ölfirniszusatz, sog. »Halbölgrund«) überzogen wird. Geschliffen ergibt dies einen sehr festen und glatten Malgrund. Abgesehen von der meist auffallend reichen Gesamterscheinung und malerisch und stilistisch gewandten Behandlung und Gestaltung dieser Möbel läßt sich die Technik leicht an Schadenstellen erkennen, wo der weißliche Kreidegrund sichtbar wird.

6 *Ölmalerei*

Im süddeutsch-alpinen Raum etwa seit dem letzten Drittel des 18. Jahrhunderts, in anderen Gebieten, etwa in Norddeutschland, möglicherweise früher und umfassender, setzt die Öltechnik — die also auf der Anwendung pflanzlichen Öles als Bindemittel für die Farben beruht — in der volkstümlichen Möbelmalerei ein. Im Laufe des 19. Jahrhunderts wird sie alle älteren Techniken ablösen. Wie Christian Rubi für Schweizer Verhältnisse festgestellt hat[122], kommen nun die »gekochten Öle, die in der Malerei der alten Meister oft eine recht wichtige Rolle gespielt hatten, jetzt auch auf dem Lande zu häufiger Anwendung. Rezepte, ›wie man den Firnis soll machen‹, fanden den Weg ins Bauernhaus und zum Maler. Das Leinöl, jenes Rohprodukt aus dem Flachssamen, konnte natürlich in den zahlreichen Ölmühlen im Überfluß bezogen werden«. Um es als Farbbindemittel für Techniken der angewandten Kunst geeignet zu machen, »behandelte und kochte man es eben auf besondere Weise. Der schon erwähnte Truber Peter Wührich verwendete laut seiner Aufzeichnung aus dem Jahre 1776 Silberglätte, ein blättrig-kristallinisch erstarrtes Bleioxidprodukt, Mennige und ein wenig Umbra: ›Und wan du Firnis kochen wilt, ein Vierteli (Viertelmaß = rund 4 dl), so nim ungefähr ein Löffel voll von der gemelten Matheri. Wan si darin ist, so sieds zwey Unser Vatter lang ungefehr‹.«

Ähnlich lautet übrigens auch eine Anweisung aus Beatenberg (Kanton Bern) vom Ende des 18. Jahrhunderts, die schließt: »Du mußt zu allen Farben von dem Firniss nehmen und Terpentinöl 3 Tröpf.«[122] Auch der Böhme Pochmann fertigte sich seinen »gemeinen Handt-Firnis« aus einer Mischung von: »2 Sydel gutt Leinöhl, Ziegelmehl, Töpferglätte, Rubrick oder Meni, Grinspon, Bleyweyß, Ambraum, Oger gelbe, Terpentin, Schaafbein gebrant.«

Zwei im Institut für Volkskunde, München, aufbewahrte Malernotizbeziehungsweise Anleitungsbüchlein, um 1840 im Isartal entstanden, beschreiben sehr ausführlich und anschaulich diese Technik. Wir greifen ein Farbrezept sowie die grundsätzlichen Anweisungen zum Malvorgang heraus:

»Echtes gutes auch von ferneren Zusatz befreites Braunschweiger grin. / Giebt das feinste und schönst u. standhaftesten grünen Anstrich. Der Gegenstand, welchen man schön grün Anstreichen will es sey Holz, Eisen, Kupfer, oder Stein, gründe man erst Aschgrau; Dieser Grund besteht auß guten Englischen Bleyweiß welches mit einem hel(l)en Leinöhlfirnis abreiben u. eingerührt wird hernach nehme man einen Theil gutes Englisches Bleyweiß drey Theil von dem Braunschweiger grün, und reibe beydes recht fein in einen hellen Leinöhlfirnis ab, und rühre die geriebene Farbe mit selbigen ein. Wen man zwey Anstriche auf dem Aschgrauen grund aufstreichen (tut) so erhält man einen schönen grünen Anstrich.«

»Jedes Holz, das einen sauberen Anstrich erhalten soll, muß zuvor sauber gehobelt werden. Alsdann trägt man die Farbe ganz gleichmäßig mit einem Pinsel, der aus den Rückenborsten der Schweine bereitet ist, auf das Holz auf. Wenn man große Flächen zu streichen hat, so ist es gut, daß man mit dem Pinsel nicht über die Quer des Holzes, sondern wie die Adern des Holzes laufen, in die Länge mit dem Streichen verfährt. / Die Farbe nimmt man zum Grundiren nicht zu dick; auch ist es nicht notwendig, daß man zum Grundiren feinere Farben wählt. Wenn man einen dunklen Anstrich herstellen will, so kann man zum Grundiren eine hellere Farbe anwenden. / Jeder Anstrich auf neues Holz mus drey Mal wiederholt werden, damit die Adern des Holzes nicht durch den Anstrich schimmern . . . / In einem Zimmer, wo sich viel Staub befindet, und in welchem gearbeitet wird, sollte man nicht anstreichen, weil sich der Staub auf dem naßen Anstrich festsetzt und dadurch letzterer seine Reinheit verliert. Man wähle daher einen reinen und ruhigen Ort im Hauße, stelle die Arbeit dahin und beginne den Anstrich. / Eben so wichtig ist das Trocknen eines Anstrichs. / Die Oelfarben ziehen die unreinen Dünste nach sich und verlieren ihre Schönheit dadurch. So (wird) z. B. der weiße Anstrich von Bleyweiß gelb u.s.w. Auch das Trocknen des Anstrichs wird durch die unreinen Dünste sehr gehindert; daher nehme man den Anstrich nie in feuchten und dünstigen, sondern in trockenen und luftigen Zimmern vor, so wird der Anstrich seine Schönheit behalten und rascher trocknen. Um das Trocknen der Oelfarben noch besonders zu befördern, gieße man etwas Terpentinöl unter die weiße Farbe, oder nehme Bleyzucker, Silberglätte oder weißen Vitriol und reibe solches mit der Ölfarbe, so wird die Farbe schneller trokken.«

7 *Lack-Technik*

In der Uhrenschildmalerei des Schwarzwaldes begegnen wir schließlich noch einer Lacktechnik, welche die für den Beginn nachgewiesenen Leimwasserfarben ablöste. »Die vom Schildbrettmacher gelieferten, etwa vier bis fünf Jahre gelagerten Holzbretter erhielten mit Leim und Gips einen viermaligen Grundierungsanstrich, der dann mit Bimsstein poliert und mit dem Handballen glattgerieben wurde. Darauf kam eine dreimalige Lackierung mit Weißlack, die man mit einem Wollappen blank rieb, dann wurde freihändig oder mit Schablone und später mit dem Reißzeug das Rund des Zifferblattes aufgemalt, dann die Ziffern aufgetragen, die Minutenstriche und zuletzt die Blumen und andere Schmuckmalereien ausgeführt. Schließlich wurde der Lack (aus Sandarak-Harz und Weingeist) aufgetragen, nach dem Trocknen mit Kreidestaub geschliffen und mit einem in Leinöl getränkten Lappen poliert.« Diese Technik soll von Georg Gsell aus Urach in ihren Grundzügen erfunden (Wasserfarben auf weißgrundiertem Holz mit Lacküberzug) und nach Verbesserungen um 1780 zuerst durch Kajetan Kreuzer in Furtwangen und zwei Malern aus Eisenbach eingeführt worden sein[127].

8 *Weitere Techniken*

In der letzten Spätzeit der Möbelmalerei ist sogar die Verwendung von Bier und Zucker als Bindemittel zu beobachten.

Die einzelnen Techniken, auch die Haupttechnik der Kasein- und der Ölmalerei, sind für den Laien kaum zu unterscheiden, zumal wenn etwa eine Kaseinmalerei nachträglich mit Firnis überzogen wurde. Hier muß selbst der Restaurator zunächst die Firnis- oder Lackschicht ablösen, um eine sichere Entscheidung treffen zu können.

Neue Erkenntnisse zur Technik der Möbelmalerei vermitteln im Bayerischen Nationalmuseum an Beständen des 17. und 18. Jahrhunderts vorgenommene Beobachtungen von Ulrich Schießl, die unter dem Titel »Malhorn, Model und Patrone« veröffentlicht wurden. Technische Untersuchungen und Spezialaufnahmen (vgl. Abb. 359, 360, 362) ergaben die ebenso überraschende wie wertvolle Einsicht, daß gewisse Verhaltensstufen der farbigen Möbeldekoration, wie etwa die Malerei des späten 17. und der ersten Hälfte des 18. Jahrhunderts in Miesbach (vgl. Abb. 26, 27), oder auch die des Rottales zum selben Zeitpunkt, für ihren stark von einem graphisch wirkenden Liniengerüst bestimmten Stil sich technischer Hilfsmittel bedienten, die man in einer Schreinerwerkstatt nicht vermutet hätte. Es handelt sich um das vorwiegend aus der Töpferei bekannte Malhorn bzw. die Gießbüchse oder verwandte Geräte mit einem Vorratsmechanismus für die Farbe, die ein kontinuierliches Arbeiten in langgezogener, gleichmäßiger Strichführung ermöglichen. »Das Malhorn eignet sich zum Ausziehen sowohl reliefgebender pastoser als auch magerer ›flacher‹ Linien ... Im ersteren Falle bewegt man das Malhorn langsam im Kontakt zur Oberfläche über das Werkstück. Das Malmaterial ist dabei von sämiger, dicklicher Konsistenz ... Die Malfarbe wird beim Linieren mehr aus dem Kielrohr des Malhorns (oder der Gießbüchse) gezogen als sie selbst fließt ... Neben diesen ›fadennudelartig‹ pastosen, meist weißen Linien gibt es dünne Linien ohne Relief, meist mit schwarzer Farbe ausgezogen, die oft als Konturenzeichnung oder gleichsam als Unterzeichnung für die folgende Dekoration dienen. Auch diese Linien sind gleichmäßig, lang, von regelmäßiger Farbkonsistenz, ohne An- oder Abschwellen, d. h. von einer Beschaffenheit, wie sie der Einsatz eines Pinsels nie ermöglichen könnte.«

Eine gründliche Untersuchung des Tölzer Bettes von 1655 (Abb. 21) ergab neben Aufschlüssen über die Farbtechnik interessante Beobachtungen zur Patronierungspraxis der frühen Möbelmaler, erwies vor allem das Ineinandergehen von Schablonieren für Großmotive, Stempelarbeit für Details und Pinselmalerei.

Zweifellos würden konsequente Untersuchungen dieser Art vielfältige Aufschlüsse zur Mal- und Farbtechnik der Möbelmalerei einbringen und uns zu einer konkreteren Vorstellung nicht allein von der Herstellung sondern auch von den schöpferischen Intentionen der Möbelmaler verhelfen.

Zur Ausstattung einer Schreiner- und Möbelmalerwerkstatt gehörte im übrigen auch ein Bestand an Vorlagenmaterial. Nicht zuletzt ist seine Tradierung über Generationen die Ursache für das besonders beharrliche Festhalten der volkstümlichen Möbelkunst an bestimmten Ausdrucksformen oder das auffallende Verschleppen aus der Stilkunst übernommener Ornamentelemente. Unentbehrlich waren natürlich für die meisten Maler Vorlagen zur Gestaltung der figürlichen Motive. Seit deren Aufnahme in den Möbeldekor bediente man sich hier graphischer Blätter, vor allem der Andachtsbilder niederländischer und Augsburger Provenienz. Wie die Mustertafeln der Deggendorfer Weinzierl-Werkstatt belegen, wurden auch individuelle Vorlagensammlungen zusammengestellt.

An bemalten Bauernmöbeln sind eine Reihe typischer *Schäden* immer wieder festzustellen. Man unterscheidet Schäden des Farbträgers, des Holzkörpers also, und solche der Farbschicht selbst.

Alles Holzwerk, vor allem Hirnholz (das quer zur Faserrichtung geschnittene Holz) weist sehr oft Befall durch den sogenannten »Holzwurm« auf. Es handelt sich dabei im allgemeinen um den gewöhnlichen Nagekäfer (Anobium punktatum, u. U. auch um Anobium striatum) und seine Larven. Dieser, »dunkelbraun, 3—5 mm lang, verbreitet in Europa und Südafrika, befällt auch trockenes Holz und sogar sehr altes Splintholz der Laub- und Nadelholzarten. Von einem Weibchen werden in den Monaten Mai und Juni in Holzrisse und alte Fluglöcher 20 bis 40 Eier abgelegt. Innerhalb von etwa 14 Tagen bilden sich bewegliche Eilarven, die in unregelmäßigen Gängen das Holz schädigen, ohne die Holzoberfläche zu verletzen. Die Verpuppung (Metamorphose) der Larven geschieht im Frühjahr in ›Puppenwiegen‹ unter der Holzoberfläche. Hierfür wird eine Zeit bis zu vier Wochen benötigt. Durch die charakteristischen kreisrunden Ausfluglöcher verlassen die geschlechtsreifen Käfer dann das Holz.«[15]

Es ist dies die hauptsächlichste Art einer Schädigung durch tierische

Schädlinge; durch gehäuften Befall kann in wenigen Jahren das Holz bis zur Auflösung durchlöchert werden.
Das Schwinden des Holzes im Laufe der Zeit bewirkt unter Umständen Spaltenbildung. Nicht selten finden sich auch Rißschäden. Sie entstehen durch das Arbeiten des Holzes, vor allem bei starken Feuchtigkeitsschwankungen, etwa in nur selten geheizten Räumen.
Temperatur- und damit Feuchtigkeitsschwankungen sind auch eine Ursache des häufigsten Schadens an der Malschicht: des Abplatzens von größeren oder kleineren Farbpartien. Doch ist dies auch ebenso oft auf zu große Trockenheit der Luft zurückzuführen. Es empfiehlt sich daher, in Räumen, in denen bemalte Möbel stehen, die Luftfeuchtigkeit zu kontrollieren und Geräte zur Luftbefeuchtung aufzustellen, sowie im Raum für möglichst gleichmäßige Temperaturverhältnisse zu sorgen.
Andererseits können derartige Schäden natürlich auch auf mangelnde Haftfestigkeit des Farbauftrages, auf technische Mängel der Malerei also, zurückgehen, wenn nämlich die Farbmischung überbunden wurde, oder wenn falsch emulgiert wurde; die Farbe wird dann spröde und springt. Möbel mit solcher »Veranlagung« sind naturgemäß so stark gefährdet, daß Hausmittel zur Erhaltung nicht genügen; sie gehören unbedingt in die Hand des Fachmannes. Aber auch Art und Qualität der alten Farbmittel können Gefahren für die Erhaltung in sich bergen. Namentlich gilt dies für Blau. Das Berliner-Blau, vor allem in der Mischung mit Bleiweiß, war eine sehr empfindliche Farbe, die zum einen dazu neigte, die Tonwertigkeit nach Grün zu verändern, zum andern gegen Laugenschäden besonders anfällig war, so daß man Objekten begegnen kann, deren blaue Farbschicht vollständig zerstört ist; Möbel etwa der Tölzer Gegend können beispielsweise ihre blaue Grundierung auf diese Weise so völlig verlieren, daß sie als Blankholzmöbel erscheinen[115, 118]. Dies ist im übrigen einer der Fälle, wo eine umfassende Neuerstellung von Gesamtfarbflächen als berechtigte Restaurierung angesehen werden darf.
Die Zerstörung größerer Partien der Malschicht durch Laugen, die bei Reinigungsversuchen am Möbel oder unter Umständen bei der Säuberung des Stubenbodens mit der Malerei in Berührung kamen, stellt einen weiteren, häufig zu beobachtenden Schaden dar.
Zwar ist an sich gerade die Kaseinmalerei wasserunempfindlich, doch wirkt Seife anlösend. Möbel, deren Malschicht mit Öl- oder Harzfirnissen überzogen wurden, sind hierin etwas besser geschützt; öfters feuchtes Reinigen läßt jedoch den Firnis blind werden, was dann immer neue Behandlungen mit Firnis oder Lack veranlaßt hat. Das Ergebnis ist eine dichte, braune Deckschicht, welche die ursprüngliche Leuchtkraft der Farbigkeit stark vermindert und die Farbwerte selbst verändern kann[119]. Zur Instandsetzung eines solchen Möbels müssen sämtliche Firnisschichten abgenommen werden. Doch übersteigen solche Restaurierungsarbeiten fast immer die Fähigkeiten eines Laien; sie sollten deshalb dem Fachmann überlassen werden, und dürfen höchstens unter dessen Anleitung oder nach Rücksprache mit ihm (Feststellung der adäquaten Abbeizmittel usw.) eigenhändig vorgenommen werden.
Bei einem in vernachlässigtem Zustand erworbenen Möbel sollte als erste Maßnahme zur *Pflege* nachgesehen werden, ob Holzwurmbefall vorliegt, was an den runden Löchlein in der Holzoberfläche festzustellen ist — dabei sollte im besonderen die Unterseite des Möbels kontrolliert werden —, beziehungsweise ist vor allem zu beachten, ob der Schädling noch tätig ist. Dies erkennt man an den Häufchen von hellem Holzstaub (»Wurmmehl«), die ausgestoßen werden. In diesem Fall ist eine Behandlung mit den speziellen Schutzmitteln Xylamon oder Combi-Basileum anzuraten. Bei umfassendem Befall sind die gesamten unbemalten Flächen einzulassen. Geringerer Befall kann auch durch Einführen des Mittels direkt in die Wurmlöcher mit Hilfe einer Spritze oder eines Spritzkännchens behandelt werden. Die Flüssigkeit darf mit der Malerei nicht in Berührung kommen, da dies bleibende Flecken hinterlassen würde. Auch sind diese Mittel nicht geruchfrei; in bewohnten Räumen ist Vorsicht geboten.
Die nächste Maßnahme ist das Reinigen von Staub und Schmutz. Entstauben mit Tuch oder Bürste allein nützt im allgemeinen wenig; allenfalls für geschnitzte Partien erweist sich ein steifborstiger Pinsel als praktisch. Meist wird man zu intensiveren Mitteln der Säuberung greifen und das Möbel feucht abreiben müssen. Dazu eignet sich am besten eine Lösung von einem der nichtalkalischen Waschmittel, wie sie heute im Handel sind (z. B. Rei). *Seife darf unter keinen Umständen verwendet werden!* Man bedient sich am günstigsten eines weichen Tuches, das nur feucht, nicht mehr naß sein darf, also sehr gut ausgewunden sein muß. (Aus diesem Grunde sind Schwämme weniger zu empfehlen.) Auf keinen Fall darf auf der Malerei Nässe stehenbleiben, die in das Holz eindringen könnte.
Die Ausbesserung von Schäden erfolgt als nächstes:
Um große, durchgehende Fugen oder Risse, wie sie durch das Schwinden der Arbeiten des Holzes entstehen, zu reparieren, müßte eigentlich das Möbelstück neu verleimt werden; doch wird sich dies in den wenigsten Fällen durchführen lassen, vor allem dem Laien nicht möglich sein, da das Möbel dazu auseinandergenommen werden müßte. Man kann sich mit dem Ausspänen der Fugen mittels kleiner Lättchen und Four-

nierspäne helfen, die man sich beim Schreiner passend besorgen kann und die eingeleimt werden. Größere Schäden dieser Art im Bereich der Malerei sollten allerdings vom Restaurator fachmännisch behoben werden, da hier von der Wahl des Holzes bis zum Einpassen des Stückes sehr viel Erfahrung notwendig ist. Weniger bedeutende Schäden, kleine Risse, Löcher, Scharten, lassen sich mit Lackspachtel auskitten oder mit flüssigem Holz ausbessern.

Zu den Reparaturen am Körper des Möbels gehören unter Umständen auch Ergänzungen von Einzelteilen, wie Gesimsen, Füßen, Sockeln, Schlagleisten, Zierleisten, die vom Schreiner vorgenommen werden müssen. Die Maße der Leisten werden meist auf dem Möbel innerhalb der Malerei noch zu erkennen sein; oft fehlen ja auch nur Teile, so daß auch die Profilschnitte noch vorgegeben sind. Im übrigen finden sich bei alteingesessenen Schreinereien oft noch alte Profileisen, mit deren Hilfe die charakteristischen Profilformen in etwa nachgebildet werden können.

Ist die Neuanfertigung von Füßen oder Sockeln oder Gesimsen notwendig, so sollte sie nur nach genauer Informierung über die entsprechenden Gestaltungen der Entstehungszeit, aber auch der Herkunftslandschaft des Möbels und im Benehmen mit einem erfahrenen Kenner geplant werden; allein schon die Abbildungen dieses Buches zeigen die Vielfalt und die Individualität der Lösungen. Eine falsche Sockelform, ein zu mächtiges oder zu ärmliches Gesimse können ein Möbel vollständig der Harmonie seiner Erscheinung berauben.

Umfassende Schäden im Farbbereich unsichtbar zu beheben, wird dem Laien meist unmöglich sein. Günstiger ist die Situation natürlich bei Schäden geringeren Umfanges, obgleich auch hier gewisse Einschränkungen gegeben sind. Wie oben festgetellt, ist es für Laien bereits schwierig, die angewandte Technik zu identifizieren. Aber selbst bei Kenntnis der Malmittel können nicht unbedenklich Ausbesserungen oder Retuschen vorgenommen werden. Wenn auch Ölmalerei unschwer annähernd zu ergänzen ist, so läßt sich dies bei Kaseinmalerei nicht so leicht durchführen. Zwar kann man heute gebrauchsfertigen Kaseinleim in flüssigem Zustand im Handel erwerben, der sich notfalls auch emulgieren läßt (wenn auch seine Qualität mit der des selbstbereiteten nicht zu vergleichen ist), doch bleibt es schwierig, die Mischung und die Farbtönung so abzustimmen, daß sich sowohl die Konsistenz des Malmaterials, als auch die Wertigkeit der Farben gleichartig in den alten Bestand einfügen.

Vor allem sind der Trocknungsprozeß, beziehungsweise die notwendigen Schutzüberzüge der Malerei in ihren Ergebnissen schwer vorauszuberechnen, so daß zu befürchten ist, daß die Ausbesserungen als Flecken sichtbar bleiben. Für den Laien dürfte es deshalb am einfachsten und sichersten sein, die Schäden mit Aquarellfarben auszustimmen, d. h. nicht so sehr nachzumalen — ohne lange Übung ist es nicht leicht, den Originalduktus der Malerei nachzuformen — als vielmehr auszutupfen. Dazu eignen sich am besten Haarpinsel in verschiedenen Stärken oder auch feine Borstenpinsel mit geschliffenen Borsten.

Es bieten sich hier zwei Möglichkeiten des Vorgehens, deren man sich je nach Können und Erfahrung bedienen sollte: die eine besteht in dem Versuch, die Ergänzung zunächst in der reinen Farbgebung der primären Malerei vorzunehmen und dann die durch den Alterungsprozeß geschehenen Veränderungen der Farbigkeit — Dämpfung, Gelbwerden usw. — durch Lasuren der Umgebung der Schadenstelle anzupassen; für den Laien dürfte es allerdings angebracht sein, die Ausbesserungen von vornherein dem derzeitigen Farbzustand der Malerei anzugleichen. Man muß sich natürlich darüber im klaren sein, daß damit keine Restaurierung des Möbels erreicht ist, sondern lediglich die Beeinträchtigung der optischen Wirkung behoben wurde.

Zuletzt wird man die gesamte Möbeloberfläche einer schützenden Behandlung unterziehen. Wie wir sahen, geschah das auch bei der Entstehung der Objekte in verschiedener Weise. Hier ist vor einer Behandlung mit Leinölfirnis, sowie mit Mitteln, wie sie zur Auffrischung von Leinwandgemälden dienen, oder mit Lack nachdrücklich zu warnen. Sie bilden eine unangenehm glänzende Haut über der Malschicht, die zudem wieder nachdunkelt oder gelblich verhärtet. Als ebenso ungeeignet müssen auch die handelsüblichen Möbelpolituren bezeichnet werden. Es hat sich am besten bewährt, die Möbel mit Bienenwachs oder einem guten weißen Hartwachs, das Carnaubawachs enthält, einzureiben. Zu viel und zu weiches Wachs ergäbe eine klebrige Oberfläche, die nur staubanziehend wirkte und alsbald von neuem eine Schmutzschicht entstehen ließe. Dieser abschließende Überzug von Wachs bildet einen konservierenden, wasserabstoßenden, leicht abzustaubenden Schutzfilm, der, mit weichem Tuch oder weicher Bürste poliert, einen seidigen Glanz ergibt und die Farben tiefer und satter erscheinen läßt.

Mag es also für den Laien unter Umständen auch recht mühevoll sein, eine solche Wiederherstellung und Pflege selbst durchzuführen, so wird ihm jedoch ohne Zweifel ein in seiner historischen Individualität und volkhaften Aussagekraft wiedergewonnenes oder neu belebtes Stück Volkskunst eine besondere Befriedigung bereiten.

Schäden und Restaurierung

333 Beispiel für extreme Schäden in der Malschicht (Vergrößerung).

334 Beispiel einer außerordentlichen starken Verschmutzung, die die einzelnen Farbdifferenzierungen kaum mehr erkennen ließ. Zustand während der Abnahme der alten Schmutz-, Wachs- und Firnisschichten: links vor, rechts nach der Restaurierung.

335 Schaden an der Malschicht: abgeplatzte Farbe; Schaden am Holz: Rißbildung (Detail aus Abb. 30).

336 Schaden am Holz: Holzwurmbefall.

337 Lebende Larven des Anobium punktatum.

338 Schaden am Holz: Rißbildung.

339 Gewöhnlicher Nagekäfer (Anobium punktatum).

340 Anobienbefall eines Möbelfußes, aufgeschnitten und verkleinert.

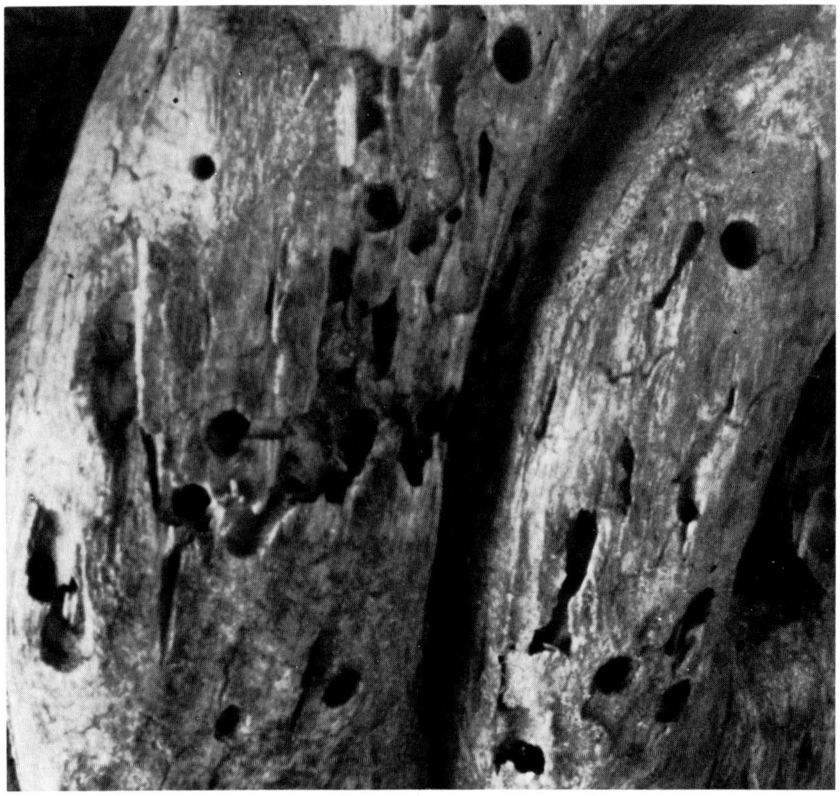

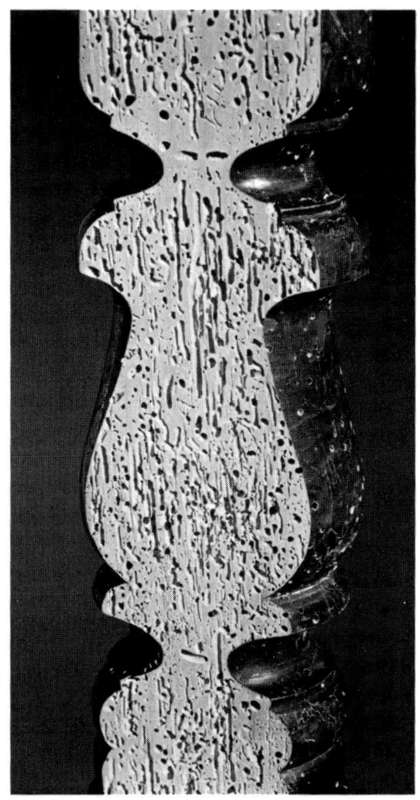

341 Schäden in der Malschicht: abgeplatzte Farbe infolge Temperatur- und Feuchtigkeitsschwankungen.

342 Schaden an der Malschicht: Laugenschäden (siehe besonders weiß umrahmtes Feld).

343 Schäden an der Malschicht: abgeplatzte Farbe infolge technischer Mängel bei der Ausführung. ▶

344–351 Detailaufnahmen von der Restaurierung eines Schrankes aus der Perthaler-Werkstatt von 1789 (vgl. auch Abb. 45, 297 derselben Werkstatt). Die großen Schäden in der Farbschicht sind bedingt durch extremen Klimawechsel: Der Schrank wurde vom bayerischen Voralpenraum in das feucht-warme Tessiner Klima gebracht. Das Holz begann zu quellen, die starre Farbschicht platzte und blätterte im Laufe der Zeit ab. Die dabei und durch die natürliche Alterung im Holz entstandenen Schwundrisse wurden bei der Restaurierung ausgespänt (Abb. 346) und ausgekittet. Die obere Reihe zeigt jeweils den Zustand vor, die untere Reihe nach der Restaurierung.

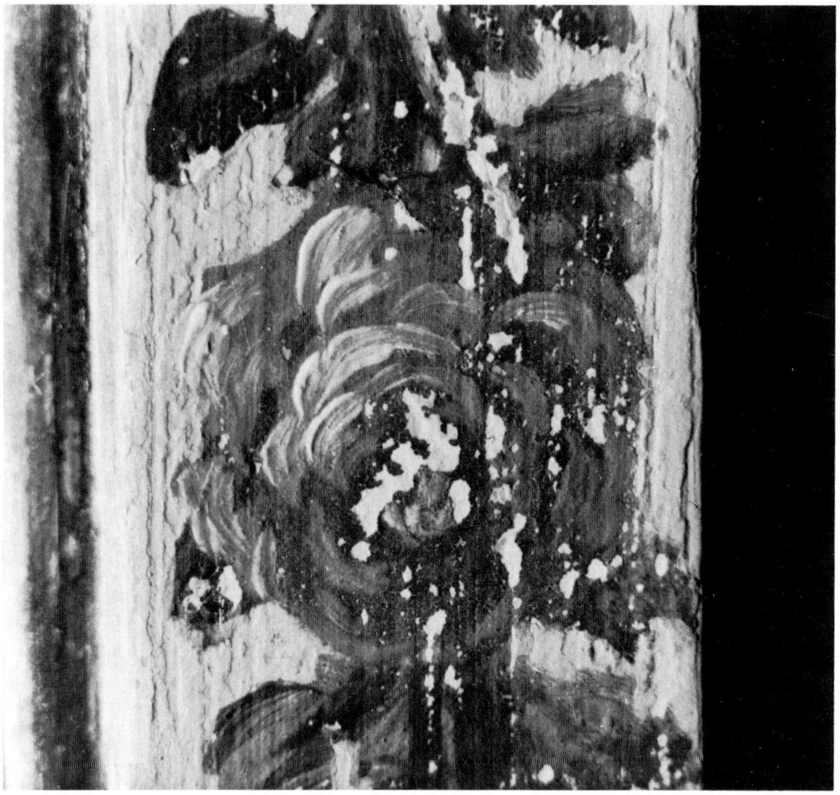

344 ▲

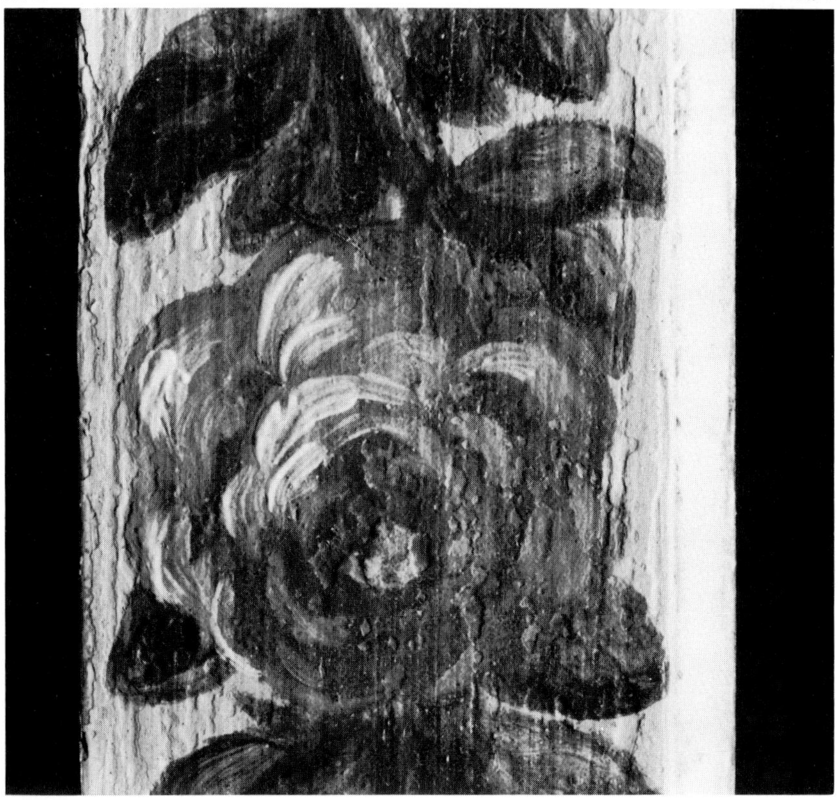

345 ▼

346 ▲

347 ▼

348 ▲ 349 ▼ 350 ▲ 351 ▼

352 Schrank, nördliches Oberschwaben, 1. Hälfte 18. Jahrhundert. Malerei auf Fichtenholz. Der Schrank wurde später überstrichen. Der Beginn der Restaurierung ist deutlich zu erkennen.
Stuttgart, Württembergisches Landesmuseum

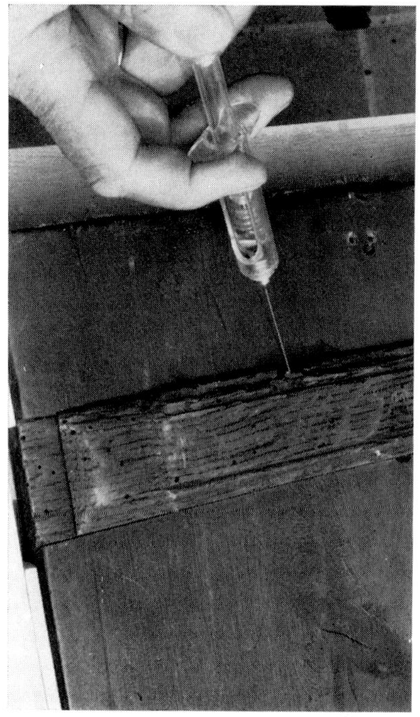

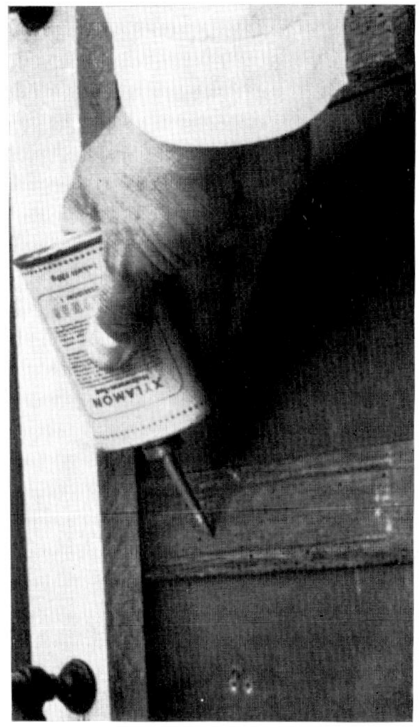

353, 354 Behandlung von Holzwurmschäden mit Schutzmittel.

355 Die Vergrößerung läßt Pinselansätze und Pinselführung besonders gut erkennen (Detail aus Abb. 36).

356 Schrank, unteres Traunviertel/Oberösterreich, Ende 18. Jahrhundert. Schäden an der Malschicht, Laugenschäden.
Privatbesitz

357 Historisches Beispiel einer Adaptierung alter Bauernmöbel. An einem Schrank aus Lenggries/Lkr. Bad Tölz — Wolfratshausen/Oberbayern, wurden von Gabriel Seidel, München, zu musealen Zwecken ca. 1905 Seitenteile angefügt.
Bad Tölz/Lkr. Bad Tölz — Wolfratshausen/Oberbayern, Heimatmuseum

358 Malhörnchen (Gießbüchse) aus gebranntem Ton, vor 1900 (Länge 94 mm, Höhe mit Tülle 83 mm, Durchmesser der Büchse ca. 50 mm).

359 Streiflichtaufnahme eines Dekordetails von der Frontseite eines Schrankes der Miesbacher Gegend, dat. 1755. Die plastische Wirkung einer mit dem Malhorn aufgetragenen Linie sowie das Aufbringen von Tropfpunkten mittels desselben Gerätes wird deutlich sichtbar. ▶

360 Detail aus dem Fußbrett eines Himmelbettes, Miesbach, dat. 1727. Die grafische Wirkung einer Arbeit mit dem Malhorn bestimmt das Bild der Malerei.

361 Truhe, wohl Rottal, Anfang 18. Jahrhundert. München, Bayerisches Nationalmuseum

362 Detail aus Abb. 361: Das Detail läßt die verschiedenen Schichten von Gießbüchsen- und Pinselmalerei erkennen. ▶

363 Detail aus einem Seitenbrett eines Himmelbettes, Tölz, dat. 1655 (vgl. auch Abb. 21). Verkleckste Stempelarbeit mit feinstem organischem Schwarz, Umkreis des Blumenstempels links oben möglicherweise mit dem Zirkel geschlagen. Die äußeren nachgezogenen Rahmenlinien vorgeritzt.

Anhang

Literaturverzeichnis

1 Baud-Bovy, Daniel, Schweizer Bauernkunst. Zürich—Leipzig—Berlin 1926

2 Baur-Heinhold, Margarete, Deutsche Bauernstuben (= Blaue Bücher o. N). Königstein i. T. 1961

3 Borchers, Walter, Volkskunst im Weizacker. Leipzig 1932

4 Bramm, Otto, Truhentypen. In: Volkskunst. Jahrbuch des Staatl. Museums für Deutsche Volkskunde (Jena) 1/1941, S. 154 ff.

5 Brückner, Barbara, Volkstümliche Farben im Chiemgau. Kallmünz 1936

6 Burckhardt, Erwin (u. Bernoulli, Christoph), Appenzeller Bauernmalerei. Basel-Olten 1941

7 Colleselli, Franz, Gadertaler und Enneberger Truhen im Tiroler Volkskunstmuseum. In: Tiroler Heimatblätter (Innsbruck) 31/1956, H. 7—9, S. 91 ff.

8 Colleselli, Franz, Tiroler Bauernmöbel. Innsbruck—Wien-München 1967

9 Degeller, Susanne, Wismut, und die Geschichte der Wismutmalerei. In: Maltechnik. Technische Mitteilungen für Malerei und Bildpflege (München) 69/1963, H. 2, S. 33 ff.

10 Edelmann, Heinrich und Albert, Das Toggenburg. Landschaft — Geschichte — Volkskunst (= Schweizer Heimatbücher 52). Bern 1952

11 Gebhard, Torsten, Volkstümliche Kinderwiegen in Altbayern und Bayerisch-Schwaben. In: Bayerischer Heimatschutz (München) 31/1935, S. 1 ff.

12 Gebhard, Torsten, Die volkstümliche Möbelmalerei in Altbayern mit besonderer Berücksichtigung des Tölzer Kistlerhandwerks. In: Bayerischer Heimatschutz (München) 32/1936. Sonderabdruck: München 1937

13 Gebhard, Torsten, Die landschaftliche Gliederung der süddeutschen Bauernschränke. In: Jahrbuch 1937 des Bayerischen Landesvereins für Heimatschutz (München) S. 18 ff. Sonderabdruck: Ritz, Joseph M., Süddeutsche Volkskunst, München 1938

14 Gebhard, Torsten, Zur Technik der alten Möbelbemalung. In: Das deutsche Malerblatt. Illustriertes Fachblatt für das Malerhandwerk (Stuttgart) 20/1949, H. 3, S. 90 ff.

15 Gebhard, Torsten, Hell und dunkel in der Volkskunst. In: Bayerisches Jahrbuch für Volkskunde (München) 1950, S. 65 ff.

16 Gebhard, Torsten, Frühe Stufen volkstümlicher Schablonenmalerei und verwandte Werke aus der Zeit zwischen Gotik und Barock. In: Carinthia I, Mitteilungen des Geschichtsvereins für Kärnten (Klagenfurt) 145/1955, S. 490 ff.

17 Geist, Friedrich und Hanhart, R., Appenzellische und Toggenburgische Bauernmalerei. Ausstellung im Kunstmuseum St. Gallen 1956, Katalog

18 Haberlandt, Arthur, Volkskunde des Burgenlandes. Hauskultur und Volkskunst (= Österreichische Kunsttopographie, Bd. XXVI). Baden bei Wien 1939

19 Haberlandt, Michael, Österreichische Volkskunst. Aus den Sammlungen des Museums für Österreichische Volkskunde. Wien 1911

20 Hahm, Konrad, Deutsche Volkskunst. Berlin 1928

21 Hahm, Konrad, Ostpreußische Bauernteppiche. Jena 1937

22 Hahm, Konrad, Deutsche Bauernmöbel. Jena 1939

23 Hanhart, R. und Geist, Friedrich, Appenzellische und Toggenburgische Bauernmalerei. Ausstellung im Kunstmuseum St. Gallen 1956, Katalog

24 Harburger, Theodor, Werke jüdischer Volkskunst in Bayern. In: Bayerischer Heimatschutz (München) 26/1930, S. 94 ff.

25 Hillenbrand, Karl, Bemalte Bauernmöbel aus Württembergisch-Franken. Stuttgart 1956

26 Hörmann, Konrad, Herdengeläute und seine Bestandteile. Gießen 1917

27 Karlinger, Hans, Deutsche Volkskunst. Berlin 1938

28 Kastner, Heinrich, Die Obstädter Kistler. In: Bayerisches Jahrbuch für Volkskunde (München) 1957, S. 15 ff.

29 Kisslinger, Max, Alte Bauernherrlichkeit. Linz 1957

30 Kisslinger, Max, Alte bäuerliche Kunst. Linz 1963

31 Kistner, Adolf, Die Schwarzwälder Uhr (= Heimatblätter »Vom Bodensee zum Main«, Nr. 31). Karlsruhe 1927

32 Kollreider, Franz, Osttiroler Bauernmöbel. Eine Übersicht. In: Österreichische Zeitschrift für Volkskunde NS XXI/1967, H. 4, S. 241 ff.

33 Die Kunstdenkmäler von Bayern. Unterfranken: I Stadt und Lkr. Kitzingen. München 1911, (Abb. 174)

34 Die Kunstdenkmäler von Bayern. Unterfranken: XXIII Lkr. Miltenberg. München 1917, (Abb. 87)

35 Die Kunstdenkmäler von Bayern. Unterfranken: XXII Lkr. Neustadt/Saale. München 1922, (Abb. 185/6)

36 Die Kunstdenkmäler von Bayern. Mittelfranken: III Lkr. Hilpoltstein. München 1929, (Abb. 177)

37 Lauffer, Otto, Farbensymbolik im deutschen Volksbrauch. Hamburg 1948

38 Lipp, Franz, Oberösterreichische Bauernmöbel. Entwicklung und landschaftliche Verbreitung der volkstümlichen Möbel in Oberösterreich von den Anfängen bis zur Gegenwart. Ausstellung im Oberösterreichischen Landesmuseum Linz 1964, Katalog

39 Lipp, Franz, Stuben und Stubenlandschaften in Oberösterreich. In: Österreichische Zeitschrift für Volkskunde NS XIX/1965, H. 4, S. 225 ff.

40 Lipp, Franz, Oberösterreichische Stuben. Bäuerliche und bürgerliche Innenräume — Möbel und Hausgerät. Linz 1966

41 Lippmann, E. O. von, Die Geschichte des Wismuts zwischen 1400 und 1800. Berlin 1930

42 Mais, Adlof, Die Gruftbestattungen zu St. Michael in Wien. Bruderschaften, Bestattungen, Sargmalerei, Totenbeigaben. In: Kultur und Volk. Beiträge zur Volkskunde aus Österreich, Bayern und der Schweiz. Festschrift für G. Gugitz. Wien 1954

43 Meyer-Heisig, Erich, Die Heimkultur des schlesischen Bauerntums der Vergangenheit: Die Möbel. In: Schlesische Heimat (Breslau) 1938, H. 1, S. 15 ff.

44 Meyer-Heisig, Erich, Die deutsche Bauernstube. Art und Entwicklung der Stube im deutschen Bauernhaus nebst einem Anhang mit Beispielen heutiger Stubengestaltungen. Nürnberg 1952

45 Meyer-Heisig, Erich, Deutsche Volkskunst. München 1954

46 Moser, Oskar, Kärntner Bauernmöbel. Handwerksgeschichte und Frühformen von Truhe und Schrank. In: Carinthia I (Klagenfurt) 134/1944 — 140/1950. Sonderabdruck: Klagenfurt 1949

47 Nehmiz, Hanshugo, Schlesische Brotschränke. Ein Beitrag zur Geschichte bäuerlichen Hausrates. In: Schlesische Heimat (Breslau) 1937, H. 1, S. 23 ff.

48 Neumann, Siegfried, Lade und Koffer im bäuerlichen Mobilar Westmecklenburgs. In: Deutsches Jahrbuch für Volkskunde (Berlin) 11/1965, S. 123 ff.

49 Ott, Margrith, Das Ornament im bäuerlichen Kunsthandwerk des Kantons Appenzell. Zürich 1945

50 (Pretzell, Lothar), Volkskunst und Volkshandwerk. 75 Jahre Museum für Deutsche Volkskunde. Ausstellung im Museum für Deutsche Volkskunde in Berlin, 1964, Katalog

51 Radinger, Karl von, Das Inntaler Bauernhaus und seine Möbel. In: Deutsche Alpenzeitung (München) 1913/14

52 Radinger, Karl von, Der Alpbacher Möbelstil (= Werke der Volkskunst mit besonderer Berücksichtigung Österreichs). Hrsg. M. Haberlandt. Bd. I, Wien 1914, S. 64 ff.

53 Ringler, Josef, Tiroler Bauernmöbel. In: Tirol. Natur, Kunst, Volk, Leben (Innsbruck) 2/1929, H. 4, S. 37 ff.

54 Ringler, Josef, Bauernstuben und Bauernmöbel im oberen Inntal. In: Tirol. Natur, Kunst, Volk, Leben (Innsbruck) 3/1932, H. 1—2, S. 50 ff.

55 Ringler, Josef, Zillertaler Bauernmöbel. In: Tirol. Natur, Kunst, Volk, Leben (Innsbruck) 3/1932, H. 3

56 Ringler, Josef, Tiroler Bauernmöbel. Die Brandenberger Gruppe. In: Volk und Heimat. Festschrift für Viktor von Geramb. Graz 1949, S. 11 ff.

57 Ringler, Josef, Das Alpbacher Haus und seine Möbel. In: Tiroler Heimatblätter (Innsbruck) 31/1956, H. 7—9, S. 70 ff.

58 Ringler, Josef, Sarntaler Bauernmöbel. In: Der Schlern (Bozen) 39/1965, H. 7, S. 251 ff.

59 Ritz, Josef M., Bauernmalerei. Leipzig 1935

60 Ritz, Josef M., Bauernmalerei. Leipzig 1939

61 Ritz, Josef M., Das fränkische Bauernmöbel und die volkstümliche Bemalung von Holzwerk. In: Volkswerk. Jahrbuch des Staatl. Museums für Deutsche Volkskunde (Jena) 1/1941, S. 144 ff.

62 Ritz, Josef M., Altbayerische Kasten- und Truhenbetten. In: Volkswerk. Jahrbuch des Staatl. Museums für Deutsche Volkskunde (Jena) 3/1943, S. 193 ff.

63 Ritz, Josef M., Rhöner Bauernmöbel. In: Bayer. Jahrbuch für Volkskunde (München) 1950, S. 75 ff.

64 Ritz, Josef M., Über den Stand der fränkischen Möbelforschung. In: Fränkische Blätter (Bamberg) 2/1950, No. 13, S. 49 ff.

65 Ritz, Josef M., Deutsche Bauernmöbel (= Wohnkunst und Hausrat, einst und jetzt, Bd. 2). Darmstadt (1954)

66 Rubi, Christian, Volkskunst am Berner Bauernhaus. Basel 1942

67 Rubi, Christian, Bauernmalerei aus drei Jahrhunderten (= Berner Heimatbücher 13—15). Bern 1948

68 Rumpf, Karl, Eine deutsche Bauernkunst (= Schriften des Hessischen Landesamtes für Volkskunde, Bd. 1). Marburg 1943

69 Rumpf, Karl, Frühformen hessischer Truhen. In: Zeitschrift des Vereins für Hessische Geschichte und Landeskunde 68/1957, S. 185 ff.

70 Schlee, Ernst, Schleswig-Holsteinische Volkskunst (= Kunst in Schleswig-Holstein, Bd. 14). Flensburg 1964

71 Schmidt, Leopold, Volkskunde des Burgenlandes. In: Burgenland-Landeskunde. Hrsg. von der Burgenländischen Landesregierung. Wien 1951, S. 621 ff.

72 Schmidt, Leopold, Rot und Blau. Zur Symbolik eines Farbenpaares. In: Antaios 4/1962, S. 168 ff.

73 Schmidt, Leopold, Farbige Volksmöbel in Niederösterreich. In: Jahrbuch für Landeskunde von Niederösterreich (Wien) XXXVI/1964, S. 803 ff.

74 Schmidt, Leopold, Bäuerliche Möbel aus Niederösterreich im Volkskundemuseum zu Berlin. In: 75 Jahre Museum für Volkskunde 1889—1964. Festschrift. Berlin 1964, S. 135 ff.

75 Schmidt, Leopold, Volkskunde von Niederösterreich, Bd. I, Horn 1966, S. 310 ff.

76 Schmidt, Leopold, Volkskunst in Österreich. Wien 1966

77 Schmidt, Leopold, Bauernmöbel aus Süddeutschland, Österreich und der Schweiz. Wien 1967

78 Schmolitzky, Oskar, Thüringer Volkskunst. Jena und Umgebung. Weimar 1950

79 Schmolitzky, Oskar, Volkskunst in Thüringen vom 16. bis zum 19. Jahrhundert. Weimar 1964

80 Schröder, Albert, Bemalter Hausrat in Nieder- und Ostdeutschland. Leipzig 1939

81 Schroth, Inge, Schwarzwaldmaler im 19. Jahrhundert. Lindau und Konstanz 1957

82 Schroth, Inge, Von der Uhrenschildmalerei in Furtwangen und Umgebung. In: Museumsfreund. Aus Heimatmuseen und Sammlungen in Baden-Württemberg (Stuttgart) 2/1962, S. 23 ff.

83 Seyffert, Oskar, Von der Wiege bis zum Grabe. Ein Beitrag zur sächsischen Volkskunst. Wien (o. J., 1905?)

84 Sieber, Friedrich, Bunte Möbel der Oberlausitz (= Deutsche Akademie zu Berlin, Veröffentlichungen des Institutes für Deutsche Volkskunde, Bd. 6). Berlin 1955

85 Spamer, Adolf, Hessische Volkskunst. Jena 1939

86 Stegmann, Viktor, Die Holzmöbel des Germanischen Nationalmuseums. In: Anzeiger des Germanischen Nationalmuseums (Nürnberg) 1903, 1904, 1905, 1907, 1909, 1910

87 Ströbel, Rudolf, Schwenninger Schildmalerei. In: Museumsfreund. Aus Heimatmuseen und Sammlungen in Baden-Württemberg (Stuttgart) 2/1962, S. 36 ff.

88 Sutter, Joseph, Wismutmalerei und ihre Technik. In: Maltechnik. Technische Mitteilungen für Malerei und Bildpflege (München) 69/1963, H. 2, S. 39 ff.

89 Uebe, Rudolf, Deutsche Bauermöbel. Berlin 1924

90 Walter, Max, Die Volkskunst im badischen Frankenlande. Karlsruhe 1927

91 Walter, Max, Bemalte Bauernmöbel im hinteren Odenwald. In: Bayerisches Jahrbuch für Volkskunde (München) 1954, S. 37 ff.

92 Walzer, Albert, Baden-württembergische Bauernmöbel. Teil I: Bauernschränke. Museumsfreund. Aus Heimatmuseen und Sammlungen in Baden-Württemberg (Stuttgart) 8—9/1968

93 Wibel, F., Beiträge zur Geschichte, Etymologie und Technik des Wismuts und der Wismutmalerei. In: Jahrbuch der Hamb. Wissenschaftl. Anstalten VIII/1890

94 Zell, Franz, Bauernmöbel aus dem bayerischen Hochland. Frankfurt/M. 1899

95 Zell, Franz, Volkskunst im Allgäu. München 1902

Deutsche Volkskunst, Hrsg. von Erwin Redslob (Einzelmonographien)

96 Baden (Bd. XIII), H. Erich Busse. München (1938)

97 Bayern (Bd. IV), Hans Karlinger. München (1925)

98 Mark Brandenburg (Bd. II), Werner Lindner. München (1924)

99 Danzig (N. F.), H. B. Meyer. Weimar (1940)

100 Elsaß. Volkskunst im Elsaß (Erg. Reihe Bd. I), Ernst Polaczek. München (1929)

101 Franken (Bd. VI), Josef M. Ritz. München (1925)

102 Hessen (N. F.), Karl Rumpf. Marburg 1951

103 Niedersachsen (I), Wilhelm Peßler. München (1923)

104 Ostpreußen (Bd. X), Carl Heinz Clasen. München (1928)

105 Die Pfalz (Bd. XII), Theodor Zink. München (1931)

106 Pommern (Bd. XI), Fritz Adler. München (1930)

107 Die Rheinlande (Bd. III), Max Creutz. München (1924)

108 Sachsen (N. F.), Adolf Spamer. Weimar 1943

109 Schlesien (Bd. VIII), Günther Grundmann und Konrad Hahm. München (1926)

110 Schleswig-Holstein (N. F.), Ernst Schlee. Weimar 1940

111 Schwaben (Bd. V), Karl Gröber. München (1925)

112 Steiermark (N. F.), Viktor Theiß. Weimar 1941

113 Thüringen (Bd. VII), Erwin Redslob. München (1926)

114 Westfalen (Bd. IX), Rudolf Uebe. München (1927)

115 Deuerlein, Josef, Arbeitstechnisches zur Möbelbemalung. In: Das deutsche Malerblatt. Illustriertes Fachblatt für das Malerhandwerk (Stuttgart) 20/1949, H. 3, S. 92 ff.

116 Gatz, Konrad, Lehrbuch des Malerhandwerks. München 1948

117 Gebhard, Torsten, Die volkstümliche Möbelmalerei in Altbayern. Mit besonderer Berücksichtigung des Tölzer Kistlerhandwerks. In: Bayerischer Heimatschutz (München) 32/1936 (insbes. S. 16 ff.). Sonderabdruck: München 1937

118 Gebhard, Torsten, Zur Technik der alten Möbelbemalung. In: Das deutsche Malerblatt. Illustriertes Fachblatt für das Malerhandwerk (Stuttgart) 20/1949, H. 3, S. 90 ff.

119 Machunze, Hanns, Restaurierung bemalter Bauernmöbel. In: Volkswerk. Jahrbuch des Staatl. Museums für Deutsche Volkskunde (Jena) 1/1941, S. 319 ff.

120 Pracher, Rudolf, Über die Erhaltung alter Möbel im rechten Geist. In: Das deutsche Malerblatt. Illustriertes Fachblatt für das Malerhandwerk (Stuttgart) 20/1949, H. 3, S. 102 ff.

121 Ringler, Josef, Das Alpbacher Haus und seine Möbel. In: Tiroler Heimatblätter (Innsbruck) 31/1956, H. 7—9, S. 70 ff. (S. 76)

122 Rubi, Christian, Berner Bauernmalerei aus drei Jahrhunderten (= Berner Heimatbücher No. 13—15). Bern 1948, (S. 24 ff., T 26)

123 Rubi, Christian, Holzbemalen, Kerbschnitzen und verwandte Zieren. Bern 1951 (S. 81 ff.)

124 Rubi, Christian, Holzbemalen und andere Ziertechniken. Ravensburg 1964 (S. 76 ff.)

125 Rumpf, Karl, Eine deutsche Bauernkunst (= Schriften des Landesamtes für Volkskunde, Bd. 1). Marburg/L. 1943 (S. 80)

126 Schleifer, Luitpold, u. Federl, Siegfried, Techniken des Malens. 2 Bde., Ulm-Söflingen 1965 u. 1966 (insbes. Bd. 2, S. 34 ff., 148 ff., 152 ff.)

127 Schroth, Inge, Von der Uhrenschildmalerei in Furtwangen und Umgebung. In: Museumsfreund. Aus Heimatmuseen und Sammlungen in Baden-Württemberg (Stuttgart) 2/1962, S. 23 ff.

128 Sieber, Friedrich, Bunte Möbel der Oberlausitz (= Deutsche Akademie der Wissenschaften zu Berlin, Veröffentlichungen des Instituts für deutsche Volkskunde, Bd. 6). Berlin 1955 (S. 28)

129 Wahls, A. R., Holzschädlinge und deren Bekämpfung. In: Maltechnik. Techn. Mitteilungen für Malerei und Bildpflege (München) 72/1966, H. 1, S. 18 ff.

130 Walzer, Albert, Baden-württembergische Bauernmöbel. Teil I: Bauernschränke. In: Museumsfreund. Aus Heimatmuseen und Sammlungen in Baden-Württemberg (Stuttgart) 8—9/1968, (S. 54)

131 Wehlte, Kurt, Werkstoffe und Techniken der Malerei. Mit einem Anhang über Farbenlehre. Ravensburg 1968

132 Schier, Bruno, Haus und Hausrat, in: Heimatkunde des Bezirkes Friedland in Böhmen. Herausgegeben von Erich Gierach und Josef Schubert. Allgemeiner Teil II enthält Seite 348 ff. die ausführlichste Darstellung alter Werkstattrezepte zur Bemalung von Bauermöbeln, die bisher veröffentlicht wurde. (Kevelaer, 1968, Reprint.)

Die Angaben zu den historischen Techniken und zur praktischen Behandlung der volkstümlichen Möbel entstanden im Kontakt mit Herrn techn. Oberinspektor Otto Elberskirch, ehem. Bayer. Nationalmuseum München, Restaurierung.
Herr Prof. Kurt Wehlte (†), ehemals Leiter des Instituts für Technologie der Malerei an der Staatl. Akademie der bildenden Künste Stuttgart, hatte die große Freundlichkeit, das Manuskript des Abschnittes »Technik und Pflege« kritisch zu überprüfen und Systematisierungen im Sinne der modernen wissenschaftlichen Erforschung der Maltechnik vorzunehmen.
Beiden Herren sei an dieser Stelle sehr herzlich gedankt.

Literaturergänzung

Adamczyk, Raimund Bemalte Möbel des Sechsämterlandes. Eine Untersuchung über ihre Ausprägungen, Herstellung und Bedeutung, Diss. phil. masch. Marburg/L. 1981

Baur-Heinhold, Margarete Deutsche Bauernstuben, Königstein im Taunus 1961

Baur-Heinhold, Margarete Alte Bauernstuben. Dönsen, Küchen, Kammern — Von den Alpen bis zur See, München 1979

Bedal, Konrad (Hrsg.) Bemalte Möbel aus Franken. Ausstellung des Fränkischen Freilandmuseums des Bezirks Mittelfranken in Bad Windsheim 1980

Beitl, Klaus Landmöbel. Zeugnisse alter Handwerkskunst, Salzburg 1976

Christensen, E. O. The Index of American Design, New York 1959

Colleselli, Franz Bauernstube, Bauernmöbel in den Alpen, Innsbruck 1969

Colleselli, Franz Tiroler Wand- und Hängekästchen, in: Volkskunst 1/1978, H. 1, S. 31—36

Deneke, Bernward Bauernmöbel, in: Kaysers Kunst und Antiquitätenbuch, Bd. III, München 1967, S. 154 ff.

Deneke, Bernward Bauernmöbel. Ein Handbuch für Sammler und Liebhaber, München 1969

Fastner, Herbert Bauernmöbel des Bayerischen Waldes, Grafenau 1976

Das Fichtelgebirgsmuseum in Wunsiedel (=Die bayerischen Heimatmuseen — Band IV), bearb. von Elisabeth Reynst, Wunsiedel 1973

Fuger, Walter Bauernmöbel in Altbayern. Eine ikonographisch-volkskundliche Untersuchung, Diss. phil. München 1974

Gantner, Theo Truhen und Kasten. Ausstellung im Schweizerischen Museum für Volkskunde, Basel 1980/81

Gebhard, Torsten Die Auswertung des Massivholzes in der volkstümlichen Sachkultur und verwandte Erscheinungen, in: Bayerisches Jahrbuch für Volkskunde 1962, S. 128—149

Gebhard, Torsten Primitivmöbel, in: Arbeit und Volksleben — Deutscher Volkskundekongress 1965 in Marburg, Göttingen 1967, S. 198—205

Gebhard, Torsten Zeichen und Zierat in der Volkskunst, in: Volkskunde — Fakten und Analysen. Festgabe für Leopold Schmidt, Wien 1972, S. 419—425

Gebhard, Torsten Oberbayerische Bauernmöbel, München 1982

Gerndt, Helge Möbel als kultureller Wert, in: Volkstümliche Möbel aus Altbayern. Hrsg. v. Bayerischen Nationalmuseum München. Katalog der gleichnamigen Ausstellung Mai—September 1975 in München, S. 14—18

Gläntzer, Volker Ländliches Wohnen vor der Industrialisierung (=Beiträge zur Volkskultur in Nordwestdeutschland, hrsg. v. d. Volkskundlichen Kommission für Westfalen, Landschaftsverband Westfalen-Lippe, Heft 12), Münster 1980

Gut, Werner, und Dünnenberger, Hermann Ostschweizer Bauernmalerei (=Schweizer Heimatbücher 164/165/166/167), Bern 1972

Hänsel, Volker Alte Bauernmöbel. Volkstümliche Möbel aus dem Bezirk Liezen. Ausstellung im Steiermärkischen Landesmuseum Joanneum — Landschaftsmuseum Schloß Trautenfels 1979

Heinemeyer, Elfriede, und Ottenjann, Helmut Alte Bauernmöbel. Volkstümliche Möbel aus dem nordwestlichen Niedersachsen (=Nordwestniedersächsische Regionalforschungen, eine kulturwissenschaftliche Schriftenreihe, Bd. I), Leer ²1978

Klein, Georges Elsässische Bauernmöbel. Malerei auf Katsche, Tröej, Olmer und Bettlad, München 1983

Krammer, Markus Bauernmöbel der Obstädter Kistler, München 1980

Lichten, Frances (und Marceau, Henri) Pennsylvania Dutch Folk Arts, Philadelphia Museum of Arts, o. O., o. J.

Liepman, Jane, und Winchester, Alice Die Volkskunst in Amerika. Ausstrahlung, Vorlagen, Quellen, München 1976

Lipp, Franz Frühformen volkstümlicher Möbel in Österreich — Truhen, in: Österreichischer Volkskundeatlas, hrsg. v. d. Wissenschaftlichen Kommission für den Volkskundeatlas unter ihrem Vorsitzenden Richard Wolfram, 3. Lieferung, Wien 1968, Bl. 38, Kommentar S. 1—38

Maierbacher-Legl, Gerdi, und Schmid, Gabi Bauernmöbel (=Freundeskreis Freilichtmuseum Südbayern e. V., Schriftenreihe Heft 6), Großweil 1983

Metzger, Wolfram Alte Bauernmöbel. Bemaltes Mobiliar aus Baden (=Zeugnisse der Volkskultur, hrsg. von Wolfram Metzger und Dieter Weber, Bd. 1B) Karlsruhe—Würzburg 1983

Meyer-Heisig, Erich Das Herz in der Volkskunst (=Das Herz, Monographie in Einzeldarstellungen, hrsg. v. Dr. Karl Thomä GmbH, Biberach an der Riss), Biberach an der Riss 1968

Moser, Rudolf Werkstätten bemalter Möbel im Umkreis von Wels, in: Jahrbuch des Museumsvereins Wels 19/1973—74, 20/1975—76, 21/1977—78

Müller, Heidi Volkstümliche Möbel aus Nordschwaben und den angrenzenden Gebieten, München 1975

Ottenjann, Helmut Möbeltischlerei im nordwestlichen Niedersachsen, städtische Einflüsse und ländliches Eigenverhalten, in: Museum und Kulturgeschichte. Festschrift für Wilhelm Hansen, Münster i. W. 1978, S. 197—216

Ottenjann, Helmut, und Heinemeyer, Elfriede Farbige volkstümliche Möbel, nordwestliches Niedersachsen, Cloppenburg 1979

Redlefsen, Ellen Möbel in Schleswig-Holstein. Katalog der Möbelsammlung des Städt. Museums Flensburg 2. erw. Aufl., Heide 1983

Ritz, Gislind M. Alte bemalte Bauernmöbel — Europa, München ³1980

Ritz, Gislind M. Alte geschnitzte Bauernmöbel, München ³1981

Schießl, Ulrich Malhorn, Model und Patrone. Technologische Untersuchungen an Malereien auf altbayerischen Möbeln des 17. und 18. Jahrhunderts aus den Beständen des Bayerischen Nationalmuseums, in: Maltechnik/Restauro 87. Jg., Heft 3 (1981), S. 155—183

Schlee, Ernst Die Volkskunst in Deutschland. Ausstrahlung — Vorlagen — Quellen, München 1978

Schlund, Hans Bemalte Bauernmöbel aus dem Gunzenhäuser Land, in: Alt-Gunzenhausen 38/1979, S. 150—185

Seidl, Siegfried Niederbayrische Bauernmöbel. Zwischen Isar und Inn, im Rott- und Vilstal, München 1979

Stoudt, John Joseph Pennsylvania German Folk Art. An Interpretation, Allentown (Penns.) 1966

Volkskultur in Württemberg. Ein Querschnitt durch die Volkskundliche Sammlung des Württembergischen Landesmuseums Stuttgart. Katalog zur gleichnamigen Ausstellung 1974 in Stuttgart.

Volkskunst aus Appenzell und dem Toggenburg, Sammlung Bruno Bischofberger, Zürich 1973

Volkstümliche Möbel aus Altbayern. Hrsg. vom Bayerischen Nationalmuseum München. Katalog der gleichnamigen Ausstellung Mai—September 1975 in München.

Wagner, Engelbert Oberfränkische Bauernmöbel, München 1983

Walzer, Albert Das Herz als Bildmotiv (=Das Herz, Monographie in Einzeldarstellungen, hrsg. v. Dr. Karl Thomä GmbH, Biberach an der Riss), Biberach an der Riss 1968

Walzer, Albert Baden-württembergische Bauernmöbel Teil II, in: Der Museumsfreund. Aus Heimatmuseen und Sammlungen in Baden-Württemberg, Heft 10/11, 1969

Zeller, Hermann, und Braun, Walter Kunstsinn und Erfindergeist im Bauernhof. Das Bauernhofmuseum in Illerbeuren, Memmingen 1968

Zglinicki, Friedrich von Die Wiege. Eine Wiegen-Typologie, Regensburg 1979

Standortverzeichnis

Photonachweis

Agfa Color, Berlin 235
Altonaer Museum, Hamburg 271, 282, 289
Augustinermuseum Freiburg/Br. 120, 121, 125, 127, 148, 149, 325
Badisches Landesmuseum, Karlsruhe 146
Bauersachs, Peter; Pretzen 310
Baur, Helmuth; München 26, 27, 35, 36, 37, 38, 48, 49, 50, 52, 53, 54, 55, 56, 60, 61, 62, 63, 64, 65, 66, 67, 68, 70, 72, 73, 74, 75, 312, 333, 334, 344, 345, 346, 347, 348, 349, 350, 351, 355
Bayerisches Landesamt für Denkmalpflege, München 3, 10, 12, 15, 16, 25, 57, 58, 59, 69, 71, 210, 211, 212, 214, 215, 216, 217, 218, 220, 221, 222, 263
Bayerisches Nationalmuseum, München 51, 183, 336, 358, 361
Bildarchiv Foto Marburg 258, 260, 264
Blatner, Josef; München 7
Braunschweigisches Landesmuseum, Braunschweig 270, 286
Burkholz, Alfred; Würzburg 132, 145, 224, 305
Desowag-Bayer Holzschutz GmbH, Düsseldorf 337, 339, 340
Deutsche Fotothek, Dresden 2, 223, 232, 233, 234, 241, 242, 243, 244, 245, 246, 247, 248, 313, 314, 315, 317, 318, 319
Fachschule für das Malerhandwerk, München (nach einer farbigen Kopie) 42
Foto Gastager, Trostberg 8, 9
Foto Maier KG, Furtwangen 117, 119
Gangl, Franz; Hellmonsödt Tafel IV, Abb. 326
Germanisches Nationalmuseum, Nürnberg 255, 256, 261, 273, 324, 327, 328
Hansmann, Claus; München Tafel V, Abb. 237
Heimatmuseum Günzburg 104
Hirsch, Stefan; München Tafel I, VI, Abb. 329, 330
Hoppe, Otto; Braunschweig 283
Hübner, Fotostudio; Kempten Tafel III
Keysselitz, Benno; München 181, 209
Landesbildstelle Württemberg, Stuttgart 131
Musée Gruérien, Bulle 151, 152
Museum für Kunst und Kulturgeschichte der Stadt Dortmund, Schloß Cappenberg 291
Museumsdorf Cloppenburg, Niedersächsisches Freilichtmuseum, Cloppenburg (Foto H. Eggert, Cloppenburg) 267, 288, 290
Österreichisches Museum für Volkskunde, Wien 4, 308
Ohser, Michael; München 335, 338, 341, 342
Paul, Alexandr; Prag 254
Pfistermeister, Ursula; Fürnried 77, 78, 79, 80, 81, 82, 83, 84, 85, 86, 87, 88, 89
Photo Gundermann, Würzburg 142, 227, 229, 262
Photo Hochwind, Wasserburg 11
Poss, Oskar; Eisenärzt/Obb. 1
Preiss & Co, München 21, 29, 41, 43, 44, 90, 91, 92, 180, 182, 184, 185, 199, 213, 236, 295, 298
Rakusan, Josef; München Tafel II, Abb. 331
Reiter, Roland; Zürich 17, 158
Ritz, Josef M. 171, 226, 228, 306
Schießl, Ulrich; Bern 359, 360, 362, 363
Schlesisches Museum für Kunst, Gewerbe und Altertümer, Breslau 238 (nach einer Zeichnung), 250
Schleswig-Holsteinisches Landesmuseum, Schleswig 266, 269, 276, 277, 280, 284
Schmidt-Glassner, Helga; Stuttgart 5, 6, 14, 19, 20, 22, 23, 24, 28, 30, 31, 32, 33, 34, 39, 40, 45, 46, 47, 76, 94, 95, 98, 99, 100, 101, 102, 105, 106, 107, 113, 118, 123, 128, 129, 133, 134, 139, 140, 143, 160, 162, 170, 175, 177, 178, 179, 186, 189, 190, 191, 192, 193, 194, 195, 196, 197, 198, 200, 202, 203, 204, 205, 206, 207, 208, 257, 265, 272, 275, 278, 285, 287, 297, 299, 300, 301, 302, 307, 309, 316, 320, 321, 332, 343, 356, 357
Schweizerisches Landesmuseum, Zürich 150, 153, 154, 155, 156, 157, 159, 161, 304
Staatliche Kunstsammlungen, Kassel 259
Staatliche Landesbildstelle Hamburg 274, 279
Staatliche Museen Preußischer Kulturbesitz, Berlin 225
Städtisches Museum, Flensburg 281
Tiroler Volkskunstmuseum, Innsbruck 172
Vogth, Otto; Innsbruck 18, 173, 174, 176, 187, 188, 322, 323
Wehlte, Kurt 353, 354
Witecki, Edmund; Wroclaw 249, 251, 252
Württembergisches Landesmuseum, Stuttgart 13, 96, 97, 103, 108, 109, 110, 111, 112, 122, 124, 126, 130, 135, 136, 137, 138, 144, 147, 219, 230, 231, 303, 311, 352

Folgende Lithos wurden uns freundlicherweise zur Verfügung gestellt:

Aus: H. Th. Bossert, Volkskunst in Europa, Wasmuth Verlag, Berlin 1938 165, 166, 293, 294
Aus: Karl Hillenbrand, Möbel aus Württembergisch-Franken, Silberburg Verlag, Stuttgart 1956 292
Aus: IRO-Volkskunde Europäische Länder, IRO Verlag, München 1963 240, 268, 296
Aus: Kalender 1975 — Aus der Volkskunde des Günzburger Raumes, erschienen im Anton H. Konrad Verlag, Weißenhorn 1974 93
Aus Katalog: Richard Mühe, Uhren und Zeitmessung, Furtwangen 1974 (Foto Maier KG, Furtwangen) 116
Aus: Josef M. Ritz, Deutsche Bauernmöbel, Schneekluth Verlag, Darmstadt 1954 253
Aus: Chr. Rubi, Bauernmalerei, Paul Haupt Verlag, Bern 1948 163, 168, 169
Aus: Albert Schröder, Bemalter Hausrat in Nieder- und Ostdeutschland, Schwarzhäupter Verlag Jüstel & Göttel, Leipzig 1939 239
Aus: Inge Schroth, Von der Uhrenschildmalerei in Furtwangen und Umgebung, in »Der Museumsfreund — Aus Heimatmuseen und Sammlungen in Baden-Württemberg«, Heft 2/1962, S. 23 ff. 114, 115
Aus Katalog: Volkskultur in Württemberg, Württembergisches Landesmuseum Stuttgart, 1974 141
Aus: Volkskunst aus Appenzell, Sammlung Bruno Bischofberger, Edition B-Press, Zürich 1973 (Foto: Roland Reiter, Zürich) 164, 167
Aus: MD-Kalender 1982 »Volkskunst in Haus & Hof«, München 1982 Tafel II, III, IV, V, Abb. 326, 327, 328, 331

Callwey

Bücher über Bauern-möbel

Torsten Gebhard

Oberbayerische Bauernmöbel

212 Seiten mit 265 einfarbigen und 26 vierfarbigen Abbildungen. Linson DM 88,–

Das Buch bietet einen detaillierten Überblick und neue Erkenntnisse über ein Teilgebiet der Bauernmöbelforschung: den Raum Oberbayern. Der Autor betrachtet Bauernmöbel nicht isoliert, sondern stellt sie als einen wichtigen Teilaspekt des altbayrischen Schreinerhandwerks heraus. Dabei wird die Geschichte lokaler Werkstätten immer wieder herangezogen.

Gislind M. Ritz

Alte bemalte Bauernmöbel (II)

Europa

3. erweiterte und durchgesehene Auflage. 238 Seiten mit 272 einfarbigen und 84 vierfarbigen Abbildungen. Linson DM 79,–

Das Buch umfaßt das gesamte europäische Verbreitungsgebiet des bemalten bäuerlichen und ländlichen Möbels weit über die Alpenländer hinaus. Bedingungen, Geschichte und Erscheinung des bemalten Möbels und seiner Umwelt werden analysiert und interpretiert.

Siegfried Seidl

Niederbayrische Bauernmöbel

zwischen Isar und Inn, im Rott- und Vilstal

148 Seiten mit 183 einfarbigen und 28 vierfarbigen Abbildungen sowie 1 Karte. Linson DM 58,–

Niederbayern wurde in der Möbelforschung bisher wenig beachtet. Der Verfasser brachte unbekannte, unpublizierte Objekte zutage, in Privatbesitz, bei Sammlern und in Heimatmuseen. Düstere Farbigkeit wechselt mit leuchtendem Glanz, Heiligen und Blumen. Häuser und Landschaften erscheinen in vorzüglichen Abbildungen.

Gislind M. Ritz

Alte geschnitzte Bauernmöbel

Aufnahmen von Helga Schmidt-Glassner. 3. Auflage. 212 Seiten mit 351 einfarbigen Abbildungen und 18 Farbtafeln sowie vielen Strichornamenten. Linson DM 79,–

Die Vielfalt der Schmuckmöglichkeiten und die Schilderung der einzelnen Möbellandschaften in ihrer Eigenart sind die zwei großen Themenkreise dieses Buches. Ein Vergleich zwischen den deutschsprachigen und benachbarten europäischen Kulturlandschaften wird kurz angeschnitten.

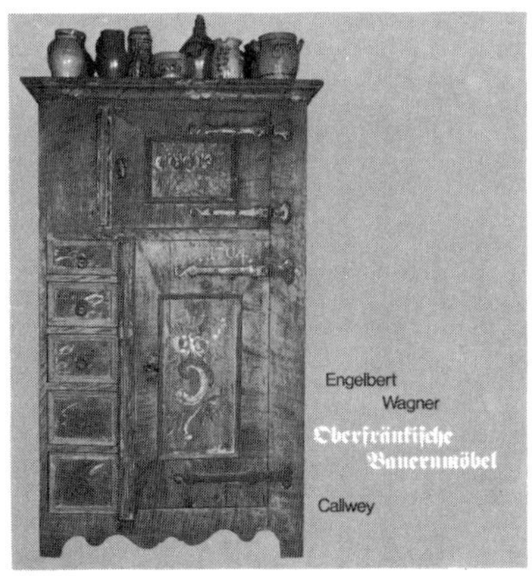

Engelbert Wagner

Oberfränkische Bauernmöbel

176 Seiten mit 200 einfarbigen und 40 vierfarbigen Abbildungen sowie 1 Karte. Linson DM 68,–

Oberfranken gehört zum Kerngebiet der bemalten Bauernmöbel, von dessen Teillandschaften bisher unbekannte Bauernmöbel vorgestellt werden: Bayreuther Reiterschränke, Coburger Stubenkästen, Wellenschränke aus der Fränkischen Schweiz u. a. m.

Margarete Baur-Heinhold

Alte Bauernstuben

Dönsen, Küchen, Kammern – Von den Alpen bis zur See

2. Auflage. 216 Seiten mit 358 einfarbigen und 26 vierfarbigen Abbildungen sowie vielen Strichzeichnungen. Linson DM 88,–

Das Buch gibt eine umfassende Darstellung der Bauernstuben im deutschsprachigen Gebiet. Neu aufgenommen wurden die Freilichtmuseen. Der Bildteil gibt mit vollendeter Technik die jeder Stube eigene Atmosphäre wieder.

Verlag Callwey München